山河岁月

周辉枝

——著——

四川文艺出版社

图书在版编目（CIP）数据

山河岁月 / 周辉枝著 . -- 成都 : 四川文艺出版社，
2025. 5. -- ISBN 978-7-5411-7251-9

Ⅰ . I267

中国国家版本馆 CIP 数据核字第 2025UL7323 号

SHAN HE SUI YUE

山 河 岁 月

周辉枝　著

出 品 人　冯　静
策划编辑　路　嵩
责任编辑　梁祖云
特约编辑　蒯　燕
装帧设计　悟阅文化
责任校对　叶竹君

出版发行　四川文艺出版社（成都市锦江区三色路238号）
网　　址　www.scwys.com
电　　话　028-86361802（发行部）　　028-86361781（编辑部）

排　　版　四川悟阅文化传播有限公司
印　　刷　成都市兴雅致印务有限责任公司
成品尺寸　170mm×240mm　　　　开　本　16开
印　　张　9.75　　　　　　　　　字　数　130千
版　　次　2025年5月第一版　　　印　次　2025年5月第一次印刷
书　　号　ISBN 978-7-5411-7251-9
定　　价　53.00元

序
一帧照片

谷运龙

翻开这本《山河岁月》散文集，首先映入眼帘的是一帧十分珍贵的照片。这帧照片既有烟熏火燎的老房子厚重而隽永的味道，又有未经风雨而谁也奈何不了的样子。仿佛岁月都被他看老了，世事也被他看老了。于是，他的眼里是空的，空到什么都不存在。

他叫周辉枝，是我文字中又不完全在文字中的朋友。从他的照片中可以大致领略这本文集中的东西。

快七十八岁的人了，依然不消停，让那些妖魅一般的文字把他弄得人不人鬼不鬼的，在人鬼之间他又把人不人鬼不鬼的文字拿捏成妖魅，妖娆在你的眼前，丰腴在你的眼前，稚嫩出一个个粉嘟嘟的笑靥，娉婷出一道道晃悠悠的倩影。

辉枝把他几十年的人生用岁月和情爱的火淬炼成一盅饴糖，再将核桃、芝麻、黄豆、玉米花加入其中，平实地铺展开去，生产出这样一方口舌生津的妙品，不尝尝，实在有些遗憾。

和文字玩，总会玩出些横生的妙趣，它甚至让你欲死不能欲生又不得，让你欲老不能却又年轻不得。看看辉枝这张照片，二不挂五、匪里匪气的样子，就可以知道文学给他喝了什么迷魂汤，让他自负到这个地步。

儿时的记忆中总是有个颤悠悠的花轿，轿里坐着最心仪的人。辉枝从轿帘或轿幔的缝隙中去窥视，窥得心醉神痴，也窥得苦不堪言，就像读一本好书后的慢慢咀嚼，所有记忆的瘦土地上都开满了粉艳艳的荞子花，一派秋光的淋漓泼洒。这才知道树活得比人长，但再长也长不过对亲人的思念和缅怀。才知道那双布凉鞋寄自哪里，谁做的不重要，重要的是鞋里面藏着的人和针孔里穿越时光的情。

人生的况味就是这么历久弥珍，窖藏似的越久远越浓郁越醇厚。看看他这帧照片便可知晓，他的童年是何等地玩世不恭，恐怕天上都留下了他的脚板印，好些姑娘的梦里都残留了这个"孽障"的歌。

辉枝这一生永远走不出去的是汶川那片土地。从赳赳青年到花甲之时，他都在那里挥洒青春，播种希望。把他的美丽韶华和昂扬心智深深地扎入那方土地。永远卸不掉的是那份情怀，把他的骨血和精髓都彻底地寄托给了《羌族文学》，无论以前、现在以至于到他生命的光华不再闪烁，他都会为其歌之、舞之、蹈之。很久了，我都为他的这种情怀而激动、而鼓舞。

我俩的结缘是因为文学，我俩的交好也是因为文学。

那时，我们的文学梦正青枝摇曳，开放出向阳的花盘。我不务正业地做着官，他一本正经地做着文，但我俩血流的方向是一致的，骨头的朝向也是一致的。只要是文学上的事，我们都心无旁骛地一起对付。没有钱时，我从牙缝里挤点给他，没有人，我依他挑、由他选。因为我相信这帧照片上有些匪气的人，从他的眉宇间我看见的是一股可以催生万物的力量，从他的话语中我听到了一种可以泽被万物的甘霖。

现在，他把山水般的文字又匠心独运地铺张成文字一般的山水，带着我去游山玩水。去欣赏汶川趣味盎然的八景，去跋涉阿尔沟的雪峰，在雪峰上去享受野牛的蛮横和肉质的鲜美，还有卧龙的熊猫和三江的珙桐花。更难能可贵的是辉枝的百姓情怀和民族情怀。他的文字只要一触碰到这两个东西，总会信马由缰，情不自已又情思涌流，生出别样的动人景象。

最让人心生羡慕的是他对岳阳楼的那份青葱情怀，既有"衔远山，吞长江"的气贯长虹，又有"浩浩汤汤，横无际涯"的旷达深邃。他虽是病人，在享受着一个女人护理的娴熟技巧中，难免有一缕秀发的拂面而过，也难免有一丝气息的抚触而来。辉枝感应和感受着，药到病不走时，这些气息和秀发倒灵丹妙药似的为他送子弹、上刺刀，让他从痛苦的呻吟中站了起来，缠在身上的如蟒病魔如尘埃似的被他抖去，健康的朝阳从他的眼窝里升了起来。

他是一个病人，即使在病中依然是一个男人；他是一个男人，即使在病中依然是一个文人。可见，病人也脱不了男人的原本，男人也脱不了文人的原本。这样的原本还在，就说明精气还在，神光还在。更何况，他还可以去调侃，去取乐于岳阳楼，足见他病得轻浅和轻淡。

就像这张照片，为何不选一张老实一点的、老道一点的，抑或是老成一点的放上去呢？

但这是不服老、不离不弃的好照片啊！匪气是匪气了些，但有朝气，傲气也傲气了点，但有底气。当过兵的男人，从不会低头；从过文的男人，从不会灰心。他要对我说的我都听见了。我等待着他不会消停的下一个十年。

要是再邂逅一个黄鹤楼，更有可期。

目 录
CONTENTS

人生况味

岁月如歌

羌山素景

人 生

REN SHENG

KUANG WEI

况 味

树比人活得长久

我老惦记着夵夵。

我们那个地方称呼母亲的母亲不叫外祖母、姥姥、家婆，而是称呼与"嘎"字相同音的"夵夵"。

我不能不惦记她的疼爱，我不能不惦记她的恩惠。

我七岁那年，油菜花飞出一片艳黄，在这春燕翔舞的三月，我跟着母亲回夵夵家探亲。

这是初春，河水很浅。母亲背着我过一条满天星河。然后，从范家寨、孟家湾、黄土包，小路弯弯，七上八下，沿路只碰见三户人家，而且是关着门的。走完了黄泥巴路，眼前便是一座笔直的山梁。我问母亲到夵夵家还有多远。母亲用手指了指前面的山梁，说：爬拢那块有云雾罩着的地方就到了，那儿名叫"金风岭"。

我仰望着山尖，好像山尖撑着天一样。我心想：夵夵怎么住在与天交界的地方？她去过天上吗？这时候，树林里有一只鸟儿叫着：苦哟、苦哟……

母亲抬头望了望鸟儿叫的方向，说：苦雀唱歌了，听说那苦雀是小媳妇托生的。传说那姑娘在地主家做活路没做完，被心狠手辣的地主老头，用锄头活活打死了，那姑娘变成一只苦雀儿，一年三百六十五天都在树枝上唱歌：苦哟、苦哟……

我虽然年少无知，但我不相信一个被打死的姑娘，会变成一只能唱歌的苦雀。那姑娘死后怎么不变成一只母狼把老地主咬死呢？我把这种想法告诉给母亲。母亲放慢了前行的脚步，吃惊地看着我问：你真是这么想的？

　　我没有开腔。我们两娘母一前一后，顺着二尺宽的林间小路，一直往上攀登……一路上，我没有少记性，如一条小水沟、一个大石包、路过的岩洞、岔路口，也好将来，我单独去看望爹爹，就不会迷路了。我这点小九九，没有让母亲知道，自己的事情自己做呗。大约三个小时，终于爬上了金风岭。

　　母亲说：到爹爹家了。

　　一个草房子，掩映在葱绿的核桃树中间，大门前，一棵四人合围的白果树。太阳的光亮从树叶空间投射下来，地面上闪现着星星点点的光点。母亲站在院坝里看着门前菜园子，大声喊着：妈、妈，您扯菜啊？又拍着我的背，说：快喊爹爹。我叫了一声。爹爹把扯好的菠菜装进撮箕里，看着我问：虎娃子，你长这么高了？你看你背后站的哪个？我转过身去，站立着两个人。母亲叫我喊爹公（外祖父）和幺舅舅。我看着幺舅舅的双眼，鼓着两颗肉丁，便问你眼睛看不见吗？母亲在身边说幺舅舅是瞎子，叫我以后牵着幺舅舅走路。我心想，我曾经牵着一只羊子在路边吃草，现在我要牵着幺舅舅走路，哈，蛮好玩的。这时候，门前那棵白果树上的苦雀也送来一支歌儿：苦哟、苦哟……

　　爹爹把撮箕拿给瞎子幺舅舅端着，顺手把我抱进怀里，说：幺舅舅看不见路，把你摔坏了怎么得了呢，你是爹爹的宝贝外孙呢。

　　我闻到了很臭的味道，便从爹爹怀里挣脱出来，跑过去抱住母亲的右腿。母亲问我怎么了。我小声说爹爹的嘴巴烂了，好臭哟。母亲把我抱起来，在我耳边小声说：爹爹的嘴巴没有烂，是心火太重，泡点苦辣子树皮水喝了，就会好的。别说了，爹爹听见了会怄气的。

　　这时候，爹公给了我三个核桃。我从母亲怀里跳下地，在地上捡了一个石头，左手两个手指捏着核桃，右手举起小石头在核桃上咚咚咚地砸了起来。爹爹抓住我的右手，说：我的小祖宗呃，小心把手砸着了呢。她边说边把三个核桃砸破，剥掉核桃壳，把鱼鳃一样的核桃瓣子送进我口里，这会儿，我没闻到爹爹的口臭，核桃的香味占去了整个空间。我看见夵公坐在一棵核桃树下，两腿蜷曲的膝盖之间，夹着一根"U"字形的用树条扭成的半圆圈，用一根根篾条编织撮箕，脚上和胸前都是竹屑，不用说，那竹子的清香味全由夵公享用了。

　　夵夵比夵公苍老些，但从年龄上夵公比夵夵要大三岁。而且，大舅舅和我母亲都姓杨，二舅舅和幺舅舅姓连。我曾经问过母亲。一开始，母亲不肯说，也许她看见我的祈求眼神，便说她和哥哥杨朝年姓杨，父亲叫杨万成。那年父亲患了大病无钱医治，就呜呼哀哉了。当时，她和哥哥都年幼，家里没有劳动力，没有人上山砍柴；没有人去三里路以外的山沟背水；也挣不了生产队的工分，就分不到生产队的粮食。三口人，日无鸡啄米，夜无鼠耗粮，在这种情况下，母亲为了把她和哥哥养大，守住杨家烟火，便托人说了连念荣上门做了继父，后来就有了二舅舅连祖德和先天性的瞎子幺舅舅连祖义。由于劳动力少，挣工分就更少，生产队分不到粮食，加上天旱，农作物收成不佳，又没有经济来源，一家老小六口人，一天两餐玉米面加白菜搅团，没有一件像样的衣服，穿着勉强能遮盖。于是，她被抱养给远离四十里地的谭家当养女，就这么一天天，一月月，一年年，她长成了大姑娘。谭家从小溪乡招来姓周的上门女婿，与她拜堂结婚了，不久，我就来到这个世界上了。母亲还说，因为家里穷得叮当响，没有姑娘愿意嫁到杨家来，三十一岁的大哥杨朝年就到一百里地的坪阳坝给人家当上门女婿去了。

　　我问母亲，大舅舅走后没有回家看过夵夵和夵公？母亲说我满一周岁的时候，她大哥看望过我夵夵一次，就再也没有见过面了。唉，人都有个家，哪个能照顾得过来呢？况且，继父和亲生父亲是有区别的，哪怕关系再好，心里总有那么一点点不舒服的感觉。

　　我当时想，母亲怎么会有这种想法呢？我们看见夵夵和夵公及瞎子幺舅舅那么亲切的，没有不舒服呀？我在夵公编撮箕的地方捡了一个竹筒儿，放在嘴里嘟嘟地吹儿，那是瞎子幺舅舅教我吹的呢。

　　三天后，母亲回家了，把我留在夵夵家里。我不肯留下。母亲悄悄对我说，回家天天吃面汤，幺幺家至少有洋芋坨坨煮白菜，一个月能打一次小牙祭。等到玉米收割了，扯几尺毛月布缝件衣服，她就来接我回家。我没有哭，看着母亲背着在幺幺家借的三升玉米走了。

我在幺幺家一住就是六个多月。

在那些日子里，我经常牵着瞎子幺舅舅跟着幺幺到水井湾挖洋芋和扯白菜。幺幺个子矮小，背在肩上的背篓比她还高，但她力气大，一锄头挖一窝洋芋，像鸡蛋一样，从沙土里滚出来，干干净净的。我的两只小手儿，一次捡一个或两个小洋芋，瞎子幺舅舅伸出两只手，估摸着在沙土里也能抓几个洋芋放入背篓里。我问：幺舅舅，你看得见洋芋呀？

幺舅舅看着我，表情很尴尬。我一下意识到自己的问话太幼稚了，明知他是先天性瞎子，怎么能问他看得见或者看不见洋芋呢？这时候，幺幺说：树娃子呀，你把白菜背起回家了，虎娃子扛把挖锄。我这才知道幺舅舅的小名是树娃子。我接过幺幺递给我的挖锄，如果闻到幺幺的口臭，我是不会张扬的，因为有了前车之鉴。幺舅舅背一背白菜走前头，右手挂一根拐杖敲着探路，哪儿有个水凼凼，哪儿又有个土坑坑，他好像了如指掌，顺顺当当地走过去了。我在中间看得一清二楚。幺幺扛着一口袋洋芋走后头，她对我说：别看你幺舅舅是个瞎子，他走起路来跟正常人一样，在家里背水背柴，喂猪推磨，还是一把好手呢。我问幺幺：他能看见？幺幺说：你幺舅舅从小就活蹦乱跳的，跌倒又爬起来，额头上碰个大包，也不哭一声。你幺舅舅就这么任性，就这么倔强，只要带他走一回路，下一次，就自己去自己回来了。你幺舅舅说，他心里有条路，知道哪儿能走，哪儿不能走的。哎呀，人到哪个坡，就唱哪儿歌呗。

我们三个人走到院坝里，只见幺公仍坐在核桃树下编撮箕，一根根篾条在幺公手里一闪一闪的，这边顺那边，那边顺这边，嘴里还叼一根竹篾条。这时候，那只苦雀落在门前白果树上歌唱：苦哟，苦哟……

　　衾衾坐在阶沿坎上，面前放一个盛着清水的木盆，拿着用铁皮做成的刨子刮洋芋皮，将刮好的洋芋丢清水里泡着，还伸手搅一搅。她自言自语地对苦雀说：哪儿苦？我们一日两餐饭，中午吃早饭，洋芋坨坨煮白菜，太阳落山吃晚饭，洋芋坨坨煮白菜里加两把玉米面，搅拌搅拌着香喷喷的，哪儿苦了？罢了，她左手捏住一个洋芋，右手拿着刨子，嚓嚓嚓……

　　衾衾面前的木盆里已装满了白白的刮好皮的洋芋，像大大小小的鸡蛋。清水变成了浑水，近看是洋芋，远看如石头，我伸手去捞。衾衾说不能用脏手去捞。我不明白。衾衾用竹子做的漏瓢把脱皮洋芋捞进筲箕里，用菜刀把洋芋切成滚刀形，放入木盆里搅拌后，又将切好的滚刀洋芋用漏瓢舀进筲箕里。衾衾说：木盆里的水不能摇动，让它慢慢沉淀一会儿，然后把水倒完，盆底里就是洋芋粉了。洋芋淀粉可以煎锅贴，切成四方块，炒腊猪肉，还能做淀粉炒鲜肉丝和牛肉片……当时，我就想，衾衾能做那么多好吃的，我还是头一次听说，难怪衾衾那么精瘦、那么苍老，这家里家外的事儿，没有少操心忙活的。

　　太阳落山的时候，我们才吃晚饭。其间，衾衾怕我饿了，悄悄儿烧了个玉米面馍馍打尖了。衾衾把饭菜都摆上了桌子，面朝衾公的背后说：嘿，你还没有饿嗦？一天到黑都在编，用好多撮箕嗦？我看你就那点本事。衾公听没听见，我不知道。幺舅舅左手端碗，右手捏筷子，嘴巴凑近碗边呼噜噜地喝了两大口面汤，用筷子夹着白菜和洋芋坨坨往口里塞。衾公看着瞎子儿子那种狼吞虎咽的样子，古铜色的脸上显得有些不快。我看见以后就把头埋下了，心里七上八下，好可怕哟。这时候，衾衾用筷子在自己碗里把洋芋夹到我碗里，说：乖乖，多吃点哈，等你长大了，日子会好起来的，衾衾还等着享你福呢。我说：衾衾，我想回家……

　　幺舅舅说：快吃饭吧，明天我送你回家，如果明天下雨就不回家了。

　　衾衾把我抱进怀里，她的下巴顶在我的头上，说：回什么家呀，等到搬玉米的时候，你妈妈缝一套毛月布新衣服，把你接回去上学读书了。我真想读书，认很多字，长大了穿中山服，让别人听我讲话……想着想着，就在爷爷的怀抱里睡着了。

第二天清早醒来，我却在楼上跟瞎子幺舅舅睡觉。后来，我问爷爷，我是怎么上楼去的。爷爷说是瞎子幺舅舅背我上楼睡觉的呀，边说边递给我一个煮鸡蛋，一个火烧洋芋，叫我去门外把鸡蛋和洋芋剥来吃了。奇怪，这些天我没有闻到爷爷的口臭，莫非爷爷的心火病好了？我高兴地走出大门，只见爹公早就坐在核桃树下用竹篾条编撮箕了。我正准备喊他，却见门前那棵高大的白果树尖尖上，飞着一个亮晶晶的东西，拖着长长的尾巴，从东方飘向西方……我兴奋地叫起来。爷爷跑出门来，问：看见啥稀奇了，那么高兴？我给爷爷说，我看见一条亮晶晶的东西，拖着长长的尾巴，像燃烧的火把一样，从白果树尖尖上，飞到那边去了，眨眼就不见了。爷爷只说那是天上的星星，别的什么都不说。但我听见爷爷对爹公说，这娃福星高照，将来是个能干人。爹公说：我就坐在核桃树下编撮箕，只顾编撮箕，也没抬头，听虎娃子高兴叫着，我抬头只看见一点点流星尾巴落地了。爷爷说这件事儿别往外传了，只有我们三个人知道。这叫好事不出门，坏事传千里。爷爷说罢，就把我手里的鸡蛋壳剥了，把烧洋芋皮剥了，掰成小块喂进我口里，爷爷说先打个尖儿，等会儿吃好的。

瞎子幺舅舅叫我和他去白果树下玩，地上有白果，是鸦雀储存过冬的。现在夏天都快结束了，秋天即将来临，鸦雀要储存新食物了，它把陈白果甩下地了。我抬头望着架在白果树丫上的窝儿，心想，它们是怎么把房子修在树丫上的呢？鸟窝形如篑箕，用细木条编织而成，中间留着一个圆门，那些黑脑壳白身子的鸦雀子，进进出出，跳上跳下，叽叽喳喳唱歌呢，真能干。这时候，一只鸦雀用爪子抓了几下窝儿，那白果像下冰雹一样，噼里啪啦地落下来了。瞎子幺舅舅听见了白果落地的响声，像是看见了白果落地的情形，就大声喊叫：快去捡，快去捡呗！

　　我提着爷公编织的饭篓子，把落在地上的白果捡起来，装进饭篓子里。爷爷走过来教我用手捏白果身上的黄色皮，里面是白色的白果，用牙齿咬破，剥去壳，才是可以食用的白果仁。剥白果外皮，如拉出来的粪便一样，臭不可闻也。起初，我还以为是爷爷的口臭。我剥开第一颗白果的外皮，那臭味差点把我熏倒。我问爷爷那白果仁还臭吗？爷爷说果仁才不臭呢，不过，吃时要把果仁里的筋抽了，不然很苦的。我当时就想：爷爷知道的东西太多了。爷爷接着又说，这株粗大的白果树，跟我瞎子么舅舅的爷爷同岁，已经有一百三十九岁了，树比人长得高大，树比人活得长久，树比人中用。这些年，有三位老中医，每年秋风扫落叶的季节，身背麻布口袋，来买白果树叶子做中药给人治病。爷爷想，她往天把那些白果树叶子聚拢到一起，干的垫在下面，湿的在上面，一把火点燃后，白灰灰做了上等肥料，哪知道白果树叶子是药材呢，能医治人的病？她二话不说，不收一分钱，让三位老中医弄走了六口袋树叶子。从那以后，每年到了冬季，雪花飘落的时候，爷爷把白果树叶子聚拢一堆，让三位老中医用布口袋装走，不知医好了多少病人呢。我说那么多白果树叶子，爷爷应该收点钱回来，老中医给人治病是要收钱的。爷爷说家里是没钱，但救人一命比什么都值，让人家活着多好啊！

　　我好像长大了，面对爷爷的这番话，心里特别舒服，但又说不出一个道道儿。

　　爷爷在灶房里把白果皮咬破，在铁锅里炒了一土碗给我。我端到核桃树下，坐在爷公编撮箕的地方，按照爷爷的吩咐，剥去白果外壳，取出果仁里的青筋，塞一颗在嘴里嚼起来，如糯米糍粑一样，柔软又有弹性，真香啊！我剥一颗塞进爷公口里，他嚼了几下又问我，你爷爷炒的白果香吗？我说太好吃了。爷公说：你给爷爷和你瞎子么舅舅喂一颗吧。我跑上又跳下，给爷爷和么舅舅每人喂一颗。他们都对我说一样的话，你自己留着吃吧。我对他们说吃完了又去捡呗，鸦雀子窝里没有了，那白果树上结的白果已经红了，掉下来捡回家一样地炒了吃呀。瞎子幺舅舅推石磨去了，夵夵端着升子往磨眼里喂玉米粒，那石磨转圈儿，轧轧地响……

我回身坐在夵公编织撮箕的地方，刚坐下，一个核桃打在我头上。我伸手摸着被核桃打疼的头顶，抬头望望树枝上密密麻麻的核桃。夵公看着我嘿嘿一笑，说：打疼了？让夵公摸一摸。核桃熟了，过几天打核桃，把核桃壳壳砍了，你妈来接你回家，背一口袋回去哈。我对夵公说，我和妈上夵夵家的时候，白果还是青的，可现在已经黄红了；核桃也是青疙瘩，现在熟了自己掉下来打在头上，可是，妈说来接我回家，怎么还不来呢？

夵公说：生产队很忙，搬苞谷、扯豆子、挖洋芋，好多活路做不完呢，怎么，想回家了？

我摇了摇头，心想，夵夵家待我好，好吃好喝都让给我了……这时候，一股冷风拂过来，被我和夵公喝下去了。我看见夵公胸前的竹屑也被冷风吹起，像飘飞的雪花一样。

夵公望着天空说：天快冷了，要下雪了。

夵夵在门口说：把家伙收拾了，吃饭了。

晚饭跟往常不一样，炒白菜、洋芋片、煮南瓜坨坨，苞谷面拌着青菜的蒸饭，里面还有腊肉条，饭油光光的。夵夵把自己碗里的腊肉条全夹给我了。夵夵说我脸上有了血色，不像来的时候那么难看了。夵公说人是铁饭是钢，人，长期没有油晕，身体怎么长得好。虎娃子他们一大家子，人多无好汤，猪多无好糠呢。他边说边把自己碗里的腊肉条也夹到我碗里了。

夵夵说这日子总会好起来的，说不定，他们长大了，吃的穿的住的啥都有了，到那个时候，我们的骨头只能打鼓了。

我知道夵夵说"骨头只能打鼓"的意思，那便是人死了肉烂了，骨头只能当鼓槌了，享受不到阳间的福了。我感觉很难过，便用筷子夹起腊肉条，放进夵夵和夵公碗里。夵夵问我怎么不吃呢？我说夵夵不吃我也不吃。夵公说这娃娃懂事了，他知道我心里想的什么。又把腊肉条夹到我碗里，说：等你长大了，夵夵和夵公会享到你福的。

幺幺又将腊肉条退到我碗里，还多了一条，说：快点吃，快点长大哈。

我长大了，给幺幺和幺公煮大米饭、煮鱼肉、煮墩子肉，做根拐杖给幺舅舅杵着走路。

这些话是你妈教的？幺幺说。

没有，我自己想出来的。我说。

他们看着我，都不说话了。

白露那天，太阳很大，但冷风刮得凶，吹掉了很多核桃下地。这地方叫金风岭，出了名的，不管天晴下雨，早晚都刮大风，呜呜呜地怪叫。幺公拿了一根长长的竹竿，爬上核桃树的半中腰，噼里啪啦地打核桃。那核桃经不住风吹棍打，落了一地。一大半核桃掉下地就脱了黑色的外壳，黄色的核桃滚到一边去了，有些青疙瘩用脚一踩，核桃就出来了。那天，幺公打了三棵树的核桃，还有六棵核桃树压弯了枝头，不知哪天才能打完。

幺幺拿来背篓、撮箕在地上捡核桃，瞎子幺舅舅虽然看不见核桃，但他能用双手胡乱在地上抓核桃，那运气真好，两只大手抓的核桃比我捡的多。幺幺用牙咬了一个核桃，剥掉外皮，将白嫩的核桃喂进我嘴里，说：只吃一个核桃，多了会起火。我问幺幺那么多核桃吃得完吗？幺幺说等核桃晒干了，供销合作社的同志会来收购的，卖几个钱打煤油买盐巴，剩下的扯点毛月布给你幺公缝条裤子。你幺公那条裤子补巴重补巴，晚上洗了晾干第二天又穿，实在见不得人了。本来，还想给你瞎子幺舅舅缝件上衣的，算来算去布票不够用。我问幺幺怎么不缝件新衣服呢？幺幺说上回我妈拿了几尺布票走了，说给我缝件新衣服，再缝一件大人衣服布票就不够了。我知道大人们去镇上买东西要用各种票，比如肉票、油票、白糖票、粮票……

幺幺用撮箕把核桃撮拢一堆，堆在院坝一角，剥了壳壳的核桃，用晒席晒在院坝另一角，没有歇下来的时间，用刀砍青疙瘩核桃，用脚踩青疙瘩核桃，这活儿要干好些天呢。

第二天继续打核桃。太阳刚刚晒到核桃树一半，没有风吹，静悄悄的。爹公举着长长的竹竿，噼里啪啦地打着核桃，地上落了一地。爹爹仍然用撮箕装进背篓里，背到院坝里堆了起来，瞎子幺舅舅摸着剥核桃壳。这时候，爹爹问我：看谁来了？

我一个急转身，妈妈站在我面前。妈看着我说：儿子长胖了也长高了，爹爹弄啥好吃的？我说爹爹和爹公都把腊肉条夹给我吃了，他们只吃苞谷面蒸菜饭。爹爹想缝件新衣服没有布票，是您拿了布票？妈从挎包里取出一条裤子给爹公，取出一件花格子棉衣给爹爹，瞎子幺舅舅一双布鞋。爹爹说：你们自己也恼火，还花这么多钱缝衣服、做鞋啊？

妈说：家里再恼火也要想到老的和小的。妈边说边从挎包里取出一件新毛月布衣服给我穿上，说：今天跟我回家，不许哭闹。

我感觉这次跟着妈回家了，再也没有机会上金凤岭看望爹爹了。一是开年要上学念书，寒暑假期间要做作业；二是妈不放心我一个人走那么远的路，沿路是森林，有野猪、老熊和毛狗子，万一出了事如何是好呢。所以我有意识地多看了几眼门前那棵白果树，房子周围的核桃树，爹爹装白果的那只饭篓子，爹公编织的撮箕，背驼眼瞎的幺舅舅……临走的时候，爹爹送了一口袋核桃，叫我妈背回家。我听见爹爹在我妈耳边小声说：前不久，你这娃娃看见流星了，是个好兆头。回家后，别饿着别冷着他哈。我妈说：妈，你放心吧。

从那以后，我就只能在梦里梦见爹爹了。奇怪，我梦见爹爹还是老样子，捡白果和剥核桃壳壳，就是不说一句话，一会儿消失一会儿出现。

1969 年，我远走高飞了，从大巴山脉走向蜀都川西北雪山草地，参加解放军，成了一名战士，证实了爹爹说那颗流星是我的福气，但我脑海里自始至终有金凤岭爹爹的形象。我曾经给爹爹和爹公写了三封信，不知他们收到否，但后来才知道，他们都是文盲，不识一个大字。当时，我每个月只有六元的津贴，凑了三个月寄给他们了，不管他们收没收到，我心里坦然了。

跨入 21 世纪，我回了一趟老家，打听住在金风岭的籴籴。亲人们说，籴籴和籴公的儿孙们都搬家了，全村子的人也搬家了，在乡镇上买了宽敞的新房子，上班坐小车，下班住洋房，那日子如天堂……现在，就只有籴籴和籴公以那两堆黄土为家，心安理得地看着白果树和核桃树。草木蓊郁，挡住两位老人的视线，我仿佛又听见苦雀的叫声"苦哟，苦哟"……是啊，籴籴和籴公这代人，没有过上好日子，太遗憾了。

白果树和核桃树是他们唯一能留下的身影。因为，籴籴曾经说过：树比人活得长久。

一双精美的布凉鞋

　　我梦见草坪上燃烧一堆篝火，烟雾弥漫，火光冲天，我被烤得汗流浃背，正准备用手帕揩汗水，醒了。

　　早上九点光景，韵达快递送来一个包裹，用纸箱装着的，不打眼，平平常常，对方的地址模糊不清。从哪儿邮来的呢？好像博尔赫斯的小说《爱玛·聪茨》中的父亲寄给女儿的信件一样，只有收件人的姓名，不知卖的什么关子。俗话说，心急吃不了热豆腐，只好静下心来，慢条斯理地打开包裹，我不由得大吃一惊！

　　一双精美的布凉鞋！

　　布凉鞋不是机器做的，而是纯手工做的。从做工上可以看出，在太阳下，在月光下，在油灯下，一针一线拉出来的白色鞋底儿，像星星一样的针孔，密密麻麻，中间还扎着一朵红色的枫叶，鞋是用白色的棉线做的耳子，用八股棉线串连着，两根鞋带连接着羊皮做的后跟，想想，这要花多少功夫才能做出来呀？谁这么细心给我做的布凉鞋？这里面藏着什么阴谋？是抱大腿？可惜，我不是做官的，是欲望？我是四世同堂之人了，不可能的。这时候，我发现一张字条，巴掌大，潦潦草草写道：

　　虎子，你可能把我忘了吧，但我没有忘了你，我经常梦见你，你梦见过我吗？那个时候，你好帅哟，我怕你把我吃了，看见你了，我就躲进芭谷地里去了。你想想，不拜堂，我好意思让你吃了？那时候，搞清理阶级队伍，把你未来的岳父清理出来了，说是土匪师爷，幸运没有血债，免了一死，在生产队受管制。你的命比我的命好，你穿上了军装，保卫祖国去了。我是生就的木头造就的船，我就是我，与你过的不是一样的烟火……我说清楚没有？你该想起我是谁了？唉呀，你想不起就算了。天热了，我做了一双布凉鞋，不知你喜不喜欢，手艺不好，不要见笑。

芝

"芝"我还是想不起来，哪个"芝"呢？我在参军之前，村里村外好多姑娘，像苍蝇闻到了肉香，都在我身前身后嗡嗡叫。于是，我左边一个"芝"，右边一个"芝"，背后一个"芝"，胸前一个"芝"（不同姓氏）被四面包围了。我没有把她们的姓名说完整，那是不泄露她们的个人隐私权。我是她们在乎的人，我要为她们保密。现在梳理她们每个人的形象，的确很困难，毕竟时过多年了。哪个"芝"寄的布凉鞋呢？我苦思冥想，大概有以下一些特征：

我相识的第一个叫"芝"的女人，一米六左右的个子，十八岁左右的年纪，宽眉大脸，眯眯眼儿，浑身上下都是肉，屁股大如箩筐，一双脚像熊掌；走路时，头往前抻，人没拢身，一只熊掌就伸过来了。她爱笑，有事没事，都堆着笑脸。她长年累月手里揣着针线活，纳鞋底，绣鞋帮子，扎鞋垫，见花扎花，见云轧云……我阿妈见景生情，说：你看这姑娘长得多富态呀，扎在鞋垫上的喜鹊都飞起来了，你把她说到了，将来是福气。我说：妈生我这么瘦，像一块排骨，风都吹得起来了，那姑娘的身板要改我两个，像一床大被盖，我才不要呢！妈问我当真不娶她？我说打死我也不要！这话是我和妈私下说的，那"芝"根本不知内情。不知怎的，那"芝"像听见了一样，她那熊掌似的脚步声，三天两头在我身前身后响。我便东躲西藏在桦树林、苞谷地……有天下着毛毛雨，妈叫我去菜地里扯蒜苗炒回锅肉，刚走拢菜地，身后就响着熊掌脚步声了。我转过身去，面前立着"芝"门板一样的身体。她说：你躲过了初一，你能躲过十五？你以为我稀奇你一身骨头架子呀，你想多了吧。她说罢转身就走了。从那天以后，不知什么情况，不是我躲她，而是她躲我，我们很少碰见了。再后来，我听人说，"芝"的双眼哭瞎了，但我不后悔。

我认识第二个叫"芝"的女人是在"文化大革命"运动的头一年。当时，生产队进驻了"四清运动"工作队，我很积极配合工作队的工作，就把我选拔出来当积极分子，去大队部组织青年男女宣传队，用唱歌跳舞的形式，宣传"四清运动"的方针政策，鼓动群众揭发"四清""四不清"的干部，以"不忘阶级苦，牢记血泪仇"的方式，对"地富反坏右"分子进行斗争。然而，我对什么运动并不感兴趣，只觉得拉二胡伴奏唱歌跳舞蛮有意思的。

我去四方寨生产队挑选演员（当时我还弄不明白"演员"的意思），后来，才知道是让他们唱歌跳舞的。那天，生产队的全体社员正在地里掰苞谷棒子。我找到生产队长说明意图，队长二话不说，就喊了几个年轻姑娘过来，并将姑娘的姓名告诉了我，其中一个姑娘叫"芝"。那"芝"姑娘站立在我跟前，低着头，右脚尖儿不停地踢着地上的泥巴，有些不好意思。生产队长手里捏着一个剥了皮的苞谷棒子，对我说，他把队里几个漂亮姑娘都交给我了，今后的发展前途全靠我了。我说是大队抽调生产队的青年骨干去文艺宣传演出，生产队给她们每天照记工分，只能多不能少。生产队长一脸笑着说：美了她们了。一转屁股走了。

我弄不懂什么是"发展前途"。我只晓得把姑娘们带到大队部去，交给团支部化妆排练舞蹈。我还要配合她们鸡呀鸭呀地拉二胡（我拉二胡是跟瞎子舅舅学来的）曲子。我领回的姑娘中，唯独那"芝"姑娘长得好看，瘦个子，瓜子脸，双眼皮，大眼睛像水潭一样，弯弯的眉毛像挂着的月亮一样，嘴唇薄薄的，高拔的鼻子，走路也忙着纳鞋底儿。我问她给谁做鞋纳鞋底子，她若无其事地说给自己做鞋穿，过年时给父母做双新鞋过年穿。她问我穿多大鞋，我说不知道。她说：穿多大鞋自己不晓得？日古子（不中用的人）。我说：我从没有穿过布鞋，更没有穿过胶鞋，从小只穿过火麻打的草鞋。她吃惊地说：那么穷酸？把草鞋脱了，比个尺码，抽时间帮你做一双布鞋，别人看见，就说买的，你不要说我做的。

我没有脱草鞋，而且拒绝了她给我做布鞋。我以为她怄气了。但她却若无其事似的，在大队部里化妆排练。当时，她排练的舞蹈叫《想起往日苦》，配角是一个身穿破烂衣服的老头，我拉二胡曲子。她站在大队部大门右边的戏台上，边唱边比画着动作；老头随着唱腔弯腰弓背，左手撑着左膝盖，右手捂着眼睛假装流泪；我坐在长板凳上跷着二郎腿，随着"芝"的唱腔拉二胡，杀鸡杀鸭……台下观众张着嘴巴大笑，我不以为然，反而拉得越来越起劲。晚会结束，卸了妆，"芝"说我二胡拉得好，像那么回事，鸡没杀死，鸭也没杀死，活得好好的。我没听明白"芝"的意思，是挖苦还是奉承？但我心知肚明。我不懂音乐谱子，跟着"芝"的唱腔拉二胡，我也不知道是好是孬。

那天晚上，我们演出队住在大队部会议室里，一间通铺，男演员睡门口，女演员睡里面，一盏煤油灯，屁亮屁亮的。恰好，我和"芝"头挨头躺在一个方向。她问我晚上打不打呼噜。我说打呼噜自己是听不到的。她说千万别打呼噜，明天还要排练演出呢，睡吧。我的确困了，眼皮打架，涩涩的。不知过了多久，迷糊中感觉到有人拖我脚。当我被惊醒时，看见"芝"正用手抹我的脚板丈量尺寸。她小声说我脚上的茧巴都起壳壳了，是长期穿草鞋磨出来的，做几双布鞋穿穿，茧巴自然就没了。

我说：那怎么要得呢，平白无故地穿你做的布鞋么？我已经穿习惯了草鞋，劳你别操这份心了。她说：男人的田边，女人的鞋边，女人生来就是做针头麻线活的，做双布鞋又咋的，你是个日古子。那天晚上，我和她交头接耳地说了些悄悄话。什么悄悄话呢？我怎么也想不起来了。只记得演出三天后，我被大队抽调出来，去参加生产大队组织的修公路的专业队。后来，我和"芝"见过几次面，但都是匆匆走过，那表情仿佛还有点依依不舍的感觉。当时，我胆小如鼠，害怕别人看见我和"芝"又走近，造成不良印象，只好一走了之，不再来往。再后来，我不自量力，还请媒婆去说亲事，谁知"芝"的父亲专门到我家看了家境。他告诉女儿，我家太穷了，三间黄泥巴筑起的土房子，堂屋里连板凳都没有坐的，灶房里架着半边铁锅，泥巴灶上苍蝇起堆堆，这样的家庭能嫁过去吗？"芝"不相信，跟父亲斗嘴。她的父亲曾经当过土匪，心狠手辣，用柴棍棍往死里打她。媒婆不敢再去说亲了。我也只好作罢。

我在修路工地上，并没有直接用大锤打炮眼炸石头，也没有用锄头挖一寸泥土。大队书记是总指挥，分配我专门在伙食团担水劈柴煮饭，还派了一个如花似玉的姑娘与我为伍。这是我相交的第三个叫"芝"的女人。

这个女人个儿不高，圆圆的脸，双眼皮大眼睛，油黑的头发，下嘴唇长着一颗黑痣。她见人低头，沉默寡言。但她干活手脚麻利，认认真真，从不拖泥带水。她双手不停地干活，灶房里的活儿干完了，就坐在厨房门口择菜，稍有空闲，就从胸前围腰包里取出针线活，不是绣围腰图案，就是纳鞋底或鞋帮儿。我上午去沟里背了三桶水，下午在院坝里用锯子把干柴湿柴锯成小节，用斧头劈成小块，又用撮箕端进厨房里堆在灶门口，一方面避免柴火淋雨水，另一方面也方便拾取柴火。除此，我别无其他能耐，就坐在灶门前往灶洞里添柴火。"芝"站立在灶台后的案板前，用菜刀切萝卜煮萝卜汤，切蒜苗炒老腊肉……锅里的甑子冒着白色的蒸气。"芝"放下手里的菜刀，吩咐我把甑子端下来，玉米饭已经蒸好了，她要用锅炒大白菜了。

我赶紧把甑子端了下来，顺手塞了几根干柴进灶洞里，火苗嘘嘘地叫如唱歌。我坐在灶门口小木凳上，觉得眼前这个"芝"比前两个"芝"长得好看些呢，尤其是她那双眼睛的眼神，始终在我脑海里闪现……修路工人们收工回来吃饭，没有板凳和桌子，只好把菜盆子放在院坝中间，工人们就围着盆子站着吃、蹲着吃……这些工人都是从各个生产队抽调出来的青年小伙子，嗓门儿粗大，放屁也响亮。"芝"叫我把锅里没舀完的白菜全都舀给大家干掉，也好让他们修路有力气。但"芝"从不走出灶房门半步，待工人们吃完了都上工去了，这才解下腰间的围腰，走出灶房门，在院坝里边走边绣手帕。那张手帕是四方形的，上面绣着一对斑鸠鸟儿，山风吹拂着手帕，那两只斑鸠好像在飞一样。我在"芝"旁边说，你绣的斑鸠真好看。她把手帕往怀里一藏，那绣花针没长眼睛刺了她的手指头，鲜血都流出来了。我一把将她的手捏住，用嘴巴吸出被绣花针刺出来的鲜血，并说绣花针有毒，不吸出血会化脓的。我还对她说不要搞冷水了，我负责洗菜淘米煮饭，她就坐在灶门前往灶洞里塞柴火。她却板起一副面孔说，哪有那么娇气的，这世上的活路样样都咬手，蚯蚓不咬人，但它吹小人鸡鸡儿。她说这话时，把头埋下了，一转身就进了灶房，菜刀砍在菜板上咚咚咚地响……我去灶房背后取水桶准备去背水，"芝"对我说晚上只煮三个人的饭，吴书记、她和我三个人。吴书记放工人们回家拿口粮，明天上午才回工地继续修路。

山村人家，没有电灯，也没有煤油点灯，黑灯瞎火的。我们吃了晚饭就洗脸洗脚睡觉了。我和吴书记睡楼上，"芝"一个人睡楼下。半夜了，"芝"突然喊我：嘿，虎子，你睡着了？你敢不敢下楼来？手帕绣好了，你下楼来拿去。吴书记碰了我一下，那意思叫我下楼去拿手帕。我哪儿敢动一下？心都快跳出来了。我对"芝"说：看不见下楼，明天再说吧。"芝"骂我日古子。后来，过了数十天，也不见"芝"把绣好的斑鸠手帕给我。我也不问她手帕的事情。我们之间也没有话说，埋头做自己的活儿。

那天下着毛毛细雨，吴书记在公社开会回到住处，对租房村民李兴财说了一些感谢话，并吩咐我和"芝"回到自己的生产队，公路下马不修了，去参加"文化大革命"运动。公社书记和乡长都是走资派，现在已经靠边站了，接受广大群众的揭发批判呢。我不懂什么是"文化大革命"。从那天开始，我和"芝"就分开了。偶尔在公社参加批判大会碰到"芝"，也只能偷偷摸摸看几眼，生怕别人发现了，躲躲闪闪的。那段时间，红卫兵揪斗"走资本主义道路的当权派"，把公社刘书记斗来斗去，戴着冲天帽子游村游寨。其实，刘书记在我心里是一个好书记。他经常住在生产队贫下中农家里，和社员们同住同吃同劳动，整天一身汗一身泥，怎么是"走资派"呢？批斗刘书记那帮红卫兵是公社吴乡长的舅子老表，想借此机会把上级派来的刘书记赶走，白天游村游寨，晚上揭发批斗。刘书记和"地富反坏右"分子站在一条线上，忍受拳打脚踢，受问受审，天底下，哪儿还有黑与白，红与蓝呢……

我在台下看着一位戴红袖套的姑娘"尔才不长，尔貌不扬"的模样儿，但她却谈吐麻利，应付自如，哪儿来的姑娘呢？我侧边站着和我一起修公路的工人说，那姑娘是公社吴乡长大姐的女儿，名叫××芝（我前面已经说过不能公开姓名，这是我认识的第四个叫"芝"的女人），从县城带一帮人进驻公社，专门发动群众揪"走资派"的，这回公社刘书记恐怕惨了。我说公社刘书记是贫下中农的好书记，他不可能是"走资派"。他们是利用"文化大革命"运动，赶走上级派来的刘书记，想夺领导权，我们要想办法保护刘书记。我这个提议，得到了站在我身边的所有修路工人的支持。他们要我牵头组织一个"齐努力战斗队"，保卫公社刘书记。他们好像早有准备一样，腰里都别一根花梨树棍棍。我说别棍棍干啥，跟谁打架？那种蠢事不能干，若干了，刘书记罪加一等。这时候，那××芝的女人走了过来问道：你们这些小伙子中，哪位是一生产队的虎成啊？没别的意思，是大队吴书记介绍给我的。听说这小伙子出身好，根子正，工作积极又肯干，怎么，没来开会？

我就是你要找的虎成。我看着她说：我没有你说的那么勤快，我懒得烧蛇吃。

她说敢烧蛇吃的人，心狠手辣，胆大心细，将来一定是一个出色的大男人。她叫我跟着去认识从县里来的造反派红卫兵。我说不认识。她说一回生二回熟，认识了不就不尴尬了。我答应跟她去见从城里来的红卫兵。但我有一个小小条件，把公社刘书记交给"齐努力战斗队"带走。因为，一生产队和二生产队修的一条水沟，经常扯皮闹事，刘书记是这条水沟的主要领导人，既然为老百姓造福千秋，那出现的纠纷应该由他出面解决。那叫"芝"的女人说，可以带去解决问题，但批斗的时候，必须送回公社革命委员会。

"齐努力战斗队"副队长陈军领着刘书记回生产队了（其实是为保护刘书记的一种策略）。我来到公社革委会，由"芝"介绍认识从县城来的红卫兵代表，也没有什么特别的，只是右肘上戴一个红袖套，上面印着"红卫兵"字样，腰间系着一根牛皮带，肩上挎着一个黄色军用挎包，挺洋气的。"芝"要我以一名委员的身份参加公社革委会。

那天，我去公社革委会参加会议，看见公社办公室墙上，挂了满屋子的大字报，主要是揭发刘书记走资本主义道路的罪状，其次是乡政府吴乡长的大字报，那只是敷衍群众的，吴乡长是土生土长之人，而刘书记是上级派来的，俗话说"强龙斗不过地头蛇"呢。况且，吴乡长的侄女"芝"还是公社革委会负责人。那天会议的主要内容是抓革命促生产。"芝"滔滔不绝地演讲。我鼻声屁声联盟，她讲的什么都没听清楚。她说她讲的都是标准的普通话，不知听懂没有？那星火大队革命领导小组副组长听明白了吗？我下意识地答复说听到了，你讲的太巴适了。我昏昏然然地拿起叶子烟斗，在大腿上敲打了几下，醒了，额头上冒出了细小的汗珠珠儿。接下来，天天开会，不是斗"地富反坏右"，就是斗"牛鬼蛇神"……我认识的这个"芝"，其貌不扬，可说起话来是一套一套的，是那种"墙上芦苇，头重脚轻根底浅；山间竹笋，嘴尖皮厚腹中空"的人。跟以前相识的三个叫"芝"的女人大有区别：长相不同，说话不同，做活不同，为人处世不同，前三个叫"芝"的女人会挑花刺绣又做鞋底儿，这第四个叫"芝"的女人，只有一张会说话的嘴巴，别的啥也不会，将来，嫁给哪个男人是倒霉透顶了。不过，她这种女人，在社会上是吃得开的，再加上她有个乡长叔叔，她今后的日子会油汤滴水的了。

我前前后后相识了四个叫"芝"的女人。第一个叫"芝"的女人，特别胖，双脚如熊掌，双脚踩下去，地都地震了。但我妈喜欢她一身肥肉，也喜欢她扎鞋底儿和绣花，我不喜欢她这个人就不喜欢她做的布鞋。但她不怄气，我和她面对面说了几句话，她就走了，再也没见着。第二个叫"芝"的女人，瘦个儿，身材好，瓜子脸，柳枝腰，善跳歌舞，对人好，心疼人，她给我做好的布鞋，我拒绝了。第三个叫"芝"的女人，矮个儿，不胖也不瘦，一脸的雀斑，一双眼睛亮亮的，会做饭菜，也会在一块白布上绣一对斑鸠，活灵活现的，像在飞一样。但她不爱说话，一天到黑，沉默寡言的。我对她有好感。可是，天有不测风云，"文化大革命"运动开始，我和她各奔东西……

1969年隆冬，我参加中国人民解放军了。早上，我戴上大红花，走到当年读书的小学校时，那沉默寡言的"芝"女人，突然出现在欢送我的人群里。她从我身边走过时，麻利地把绣着一对斑鸠的手帕塞进我手里，一句话也没说，转身就消失了。从此，这四位叫"芝"的女人，留在梦里，后来，梦里也无影无踪了。

奇怪的是，不知过去了多少个春夏秋冬，现在居然从故乡寄给我一双精致的布凉鞋，没有通信地址，落款只有一个"芝"字。那四个"芝"的女人中是哪个"芝"还惦记着我，又是出于什么心态呢？自从收到那双精致的布凉鞋，我白天黑夜都在大脑里搜索和回忆，但就是想不起来。这些隐姓埋名叫的"芝"女人，她们并不伤感，而是潇洒飞扬，无欲无求，随遇而安，漫漫生命历程，涤尽了忧伤，最后只有坦荡无常……送给我的不是一双精美的布凉鞋，而是看不见的独一无二的真诚。我作为叫"芝"的女人所在乎的男人，的确差得太远，我不配她们在乎。曾看到这么一句话：木头对火说"抱我"，火拥抱了木头，木头微笑着化为灰烬；火哭了，泪水熄灭了自己……

这是不是一场梦？布凉鞋是千真万确的。这使我想起那首《可可托海的牧羊人》的歌：我愿意陪你翻过雪山穿越戈壁，可你不辞而别还断绝了所有的消息……

年　味

　　腊月二十九下午 6 点许，一家人准备团年了。可是，孩子们却坐在客厅沙发上玩手机抢红包，玩得不亦乐乎，好像过年是件可有可无的事情。是啊，如今的情形是没有过年也在过年，有了过年像没过年，没有区别。

　　我催孩子们都坐上桌子团年了，不然，各种菜都凉了。孩子们看着桌上的菜说没有胃口，有的说肚子还不饿。我老伴在桌子旁边说，你们爸从早到晚忙了一天，就为一家人坐在一起团个年，可你们倒好，这个说没胃口，那个又说肚子还不饿，你们到底什么意思？老伴又指责我说：叫你少弄点菜又做那么多，那剩菜剩饭哪个吃嘛，现在的人又不像 60 年代的人，哪个还有那么大的胃口？唉，我真拿你没办法。儿女们见我挨了骂，给我台阶下，大家才坐上桌，看着摆在桌子上的菜，好像见惯不惊，不想动筷子。其实菜不多，荤素一共十五个菜：松茸甲鱼汤、板栗烧鸡、脆皮鱼、鱿鱼烧海参、清蒸大虾、墩子肉、糖醋排骨、卤鸡翅、大蒜烧肚条、香肠、宫保鸡丁，外加四个素菜，一瓶五粮液、一瓶干红、一瓶雪白豆奶。这时候，我给儿子们倒一杯酒，给媳妇们倒杯干红，孙儿孙女喝豆奶，慢慢地，过年的味道就出来了，因为屋内飘满了酒香，碗筷也在叮叮咚咚地碰着凑热闹，尤其是孙儿孙女喜欢糖醋排骨和宫保鸡丁的味道，那筷子像起重机似的不停地来回运送，两姊妹争着抢食，我心里暗自高兴。儿媳们也挺忙的，人坐在桌前，心却没在桌上，左手握着手机，右手食指嘟嘟地按键，口里不停地喊叫："抢着了，抢着了，三块钱，哈哈，哈哈……"一双竹筷子横搁在碗口上，一动不动，好像横跨在江河上的桥梁。慢慢地，孩子们就由着性子开始拿起杯子喝酒，举起筷子夹素菜吃了；不喝酒的就舀松茸甲鱼汤，那碗口上的筷子被取走了，碗里就成了水潭，灯光下，油光闪亮。

我坐在桌前，看着桌上的菜，素菜夹得差不多了，荤菜几乎没有动多少，只是孙儿孙女把糖醋排骨和宫爆鸡丁吃得差不多了。我说：今天是团年，慢慢吃，多吃菜，少吃饭，俗话说，酒醉聪明汉，饭胀憨老三。说罢，我举起酒杯与家人碰杯祝福：辞旧迎新，在新的一年里，团结友爱，和睦相处，扎西德勒（藏语，吉祥如意）……这一举动激起了孩子们给我敬酒的念头。他们举起满满的酒杯，笑容满面地说：爸妈，祝您二老天天开心，事事开心，身体好，比什么都好，干杯……孙儿孙女端着豆奶说：爷爷奶奶，祝你们身体健康，万事顺心。

我很感动，泪水含在眼眶里，硬起心肠不让流出来，想想，这是什么滋味呢？我看着家人的那种表情，再看看摆在桌子上的美食，又看看家人各种的穿戴和打扮……而我不知怎么，回想起从前过年的味道了。

俗话说，大人望种田，娃娃盼过年。小时候，我总是盼望着过年，能吃上一顿黄灿灿的蒸玉米饭和炖腊肉坨坨；能穿上一件卡其布新衣服，多么光彩啊；还能得到压岁钱，买鞭炮放……记得九岁那年，我父亲有个堂兄，无妻又无子，光棍一条，一个人住在岩窝里。我母亲说他一个人怪可怜的，想叫他过来过年。我父亲不同意，说：别理他，懒姘日调的（不务正业），活该！我母亲叹了一口气，又说：人的后颈窝摸得着看不到，何况，堂兄和你打断骨头还连着筋呢，喊不喊随你吧。父亲理亏，便把邀请二叔过年的任务交给我。我不情愿，因为来去四里多路，中间有一片无人居住的森林，害怕野猪窜出来。父亲见势，鼓起一双牛眼睛，右手抓起一根竹棍打我屁股，边打边吼道：亏你裆里夹个雀儿，不中用，太不中用了！母亲一耳光打在父亲脸上，说：你有本事？你只有打娃娃的本事，你有能耐自己怎么不去？不说你几十岁了，你几十斤都该有吧？跟娃娃过不去，笑人！父亲把打我的竹棍甩在院坝坎上，便气冲冲地喊他堂兄去了。

晚上团年，因为平日里没有粮食喂猪，过年没有荤菜，父亲就用火药枪把一只看家狗杀了，剥下狗皮绷着晾干可以卖钱，狗肉又叫香肉、地肉、白狗，有"至尊肾宝"美誉。过年用狗肉当主荤菜是别具一格了。桌上摆一碗清炖狗肉，一碗酱豆子炒魔芋豆腐，一碗洋芋片，除此，只有白菜、萝卜了。

二叔拿来一斤红苕酿的烧酒。他们两兄弟一杯又一杯，吃着狗肉，夹着魔芋豆腐，吃得开心，喝得也开心……我母亲说：你们加劲啃狗肉吧，锅里还有呢，今天吃不完，明天接着吃……我知道母亲说的意思，哪怕日无鸡啄米，也要说有，不能说没有。这样，来年才风调雨顺，五谷丰登……

团年饭吃完了，母亲收拾碗筷和剩菜，去灶屋里收拾，我和父亲、二叔坐在火炕边烤火。二叔说：明天大年初一，不出门，后天初二，我去把屋头那吊腊肉拿过来，让我侄儿见点油荤。我父亲问他哪儿来的腊肉。二叔说他给人家屋顶捡瓦，没有钱付工钱，三天时间，挣了一吊腊肉。我父亲嘿嘿一笑，让二叔自己留着吃。二叔把我抱进怀里，右手抚摩着我的头顶，说：聪明的小家伙，正在长身体，不沾油荤怎么行呢？今天守岁火，你给二叔磕头吗？我点了点头。二叔从衣包里掏出一摞钱，我赶紧跪在他面前，说：二叔，拜年了。接连磕了三个头。二叔笑哈哈地把我拉起来，给我三角压岁钱。二叔看着我那种兴奋样儿，又给我两角，一共五角压岁钱了。当时，我心想，等天亮了，去乡场上买鞭炮，买好多好多鞭炮……二叔说：不能乱花钱，把钱存起来，明年过年守岁时，给五毛钱，加起来不就一元钱了。这时候，母亲过来说：他二叔，你经常在外给人家做活路，如果碰到小狗儿，你替我捉一个回来，那条大狗当过年猪杀了，这屋里还是需要一条看家狗呢。二叔说包在他身上……

我的思绪回到桌前，只见家人都下席了，我一个人还在品酒，品自己做的一桌团年菜的味道。桌上的荤菜，除了糖醋排骨和宫保鸡丁让孙儿孙女一扫而光以外，其余荤菜几乎没有动多少，那松茸甲鱼汤，汤喝完了，松茸吃光了，只剩下一只甲鱼在盆子里，像一架坦克，几个素菜盘子底朝天。这时候，老伴走到桌前，指着桌上的剩菜唠叨：我喊你少弄点少弄点，就是不听，现在生活这么好，哪个人还能吃好多吗？况且，一家人的口味都不一样，甜的酸的，麻辣的，炕的硬的，清淡的，酱香味，这些味道都吃腻了，还有什么味道没有品出来呢？过去想吃的又没有吃的，现在有吃的却吃不进去，你说这人是怎么回事呢？

我说这也不奇怪，随着时代的变迁，已经走过了七十年，生活是芝麻开花——节节高。我们这一代人吃了几十顿团年饭，啥味道没有品过？儿媳这一代是 70 年代出生的，他们的饮食爱好和品位跟我们不一样，孙儿孙女是 21 世纪出生的，他们的思维和饮食口味更不一样，因为他们赶上了阳光一样的日子。我们三代人的思维方式和对食物的品位，很难凑合在一起，尽管在一桌吃吃喝喝，不言不语，也不评论一桌菜的味道，但我心里明白是给我这个老厨师面子。也许，他们在外面吃的东西，我们两个老家伙见都没见过，还说什么味道呢！

通过这次团年饭，我认清了一种情况，那便是时光太好了，不是过年的日子也是过年的日子，人们的嘴巴都咽麻木了，哪儿还有什么味道呢？人的口味随着物质的变化而在人的饮食里存在很大差异的。

年团完了，因为住在五楼不便放鞭炮，一家三代坐在客厅里看春节联欢晚会，有说有笑的，也有玩手机抢红包的。这时候，我准备给孙儿孙女发压岁钱了。我学着当年二叔给我发三角五角压岁钱的方法，将孙儿孙女叫到跟前，说，今天晚上守岁火，你们给爷爷奶奶磕不磕头？孙儿孙女问，过年怎么要磕头呢？显然，他们已经没有民风民俗的古老习惯了。我从头到尾给他们讲了一遍过年守岁火的意义后，他们就跪在我面前磕头了，我就给他们发红包。孙女高兴地打开红包数了数，睁大眼睛说：爷爷发那么多，一千块，您小时候得了好多压岁钱？我说你们二爷爷给我发了三角压岁钱。孙儿说：吠，一千块和三角的压岁钱，不知翻了多少倍呢。是啊，不知翻了多少倍。我说：现在算起来，已经过去七十年了，爷爷奶奶都老了，你们还是初升的太阳呢。孙儿孙女问：明年团年还发这么多压岁钱吗？我说明年会更多呢。

　　我计划下次团年去馆子里包一桌席，三代人坐一桌，各取所需，品自己爱吃的年味。

一路风雨一路歌

　　清澈的岷江倒映着蓝天白云，巍巍的群山如高大的山神，又像一个睡意未醒的仙女，披着蝉翼般的薄纱，含情脉脉，凝眸不语……此时，我们正在这个幽静美丽的环境中受着熏陶，孟山开着油黑色的红旗轿车，边吹口哨边说：把已过的路儿细细想，把未来的路儿慢慢访。

　　我坐在副驾驶位，说：曾经走过的路，我们再走一遍吧。

　　已经走过的路若再走才会深有感触。孟山说这话时的表情，是一种得意的样子。

　　我说当年《岷山报》刊用了一篇报道，标题叫《成阿公路再插话》，大概内容是成阿公路的嬗变历程。的确，50年代，汶川、理县、茂县还没有一寸公路，全靠两条腿爬坡走路，沿路都是背背子歇气的打杵子坑坑，还有骡子和马匹驮茶包走出的脚印。此时，我仿佛听见背夫用打杵子歇气"嗨哟"的声音，以及马儿颈脖上"叮当叮当"的铃声……

　　这是映秀湾老街。孟山开车走出一个隧洞，人来车往，川流不息。那是"5·12"汶川特大地震的中心地带，满山都还残留着破碎的伤口。这里也是古时的茶马古道。清朝诗人董湘琴自灌县出发步行此地见景生情，赋诗一首：

　　憩毕又肩舆，下坡路儿略快些。坎有高低，弹丸走坂须防备。最怕是狭路逢弯，肩舆簸荡在空中戏。俯视深无底，令人惊悸。猛想起，九折邛崃，有人叱驭；又想起"胆为云"语，出自《淮南子·精神训》。丈夫忠信涉风涛，胆小儿，怎步得上云梯去。况七百里途路，如瓜初蒂。千思百虑，生死有命何须计。渐渐的行来平地，抬轿人惫矣，坐轿人馁矣，映秀湾歇气……

"三垴九坪十八关，一锣一鼓上松潘"。七百里漫漫长路，路经汶川、茂县到松潘。七百里漫漫长路，如同一条牛皮绳把"三垴"——寿星垴、西瓜垴、东界垴；"九坪"——豆芽坪、银杏坪、兴文坪、大邑坪、杨木坪、富阳坪、周仓坪、麂子坪、镇坪；"十八关"——玉垒关、茶关、沙坪关、彻底关、桃关、飞沙关、雁门关、七星关、渭门关、石大关、平定关、镇江关、北定关、归化关、崖塘关、安顺关、新保关、西宁关；"一锣"——罗圈湾、"一鼓"——石鼓这颗颗明珠穿起来，拴在岷山的腰间。它是一条千载的商贸通衢、军事要道和民族历史文化长廊……这些"垴、坪、关、锣、鼓"都是人用双脚走出来的地名录，已经成为了历史。

近年来，汶川紧紧抓住西部大开发势头，灾后恢复重建，对口援建，脱贫攻坚，乡村振兴等重大历史机遇，精准发力破解交通瓶颈。从没有一寸公路，到全县首条高速公路建成通车；从没有铁路到首条山地轨道交通规划建设；从一条时断时续的"生命线"到四条全新"生命线"的规划建设；从农村机耕道到四通八达的一线环线交通路网建设，一条条公路让汶川沟壑变坦途，铺就了汶川人的幸福新生活。此时，我记起清朝诗人袁枚的一首诗《山行杂咏》中的诗句："十里崎岖半里平，一峰才送一峰迎。青山似茧将人裹，不信前头有路行。"……

孟山开着油黑色的红旗轿车，穿越第三个隧洞时，我知道已到了羊子岭山脚下。这条山路，上下三十里，是茶马古道的唯一通道。如果追溯这条古道的来龙去脉，可以说是三国名将姜维四十多岁时，开通这条古道的，主要以拓展疆域，便于军事行动，解除蜀汉北伐曹魏政权的后顾之忧。到了公元七世纪，在大唐王朝的西部兴起了一个强大的地方政权——吐蕃。唐蕃之间在四川境内形成了以松茂茶马古道为界的对峙态势。由于唐蕃的关系，茶马古道成了以物资互换为主的战略交通要道。战马在当时是决定战争胜负的重要战略物资，而战马又来源于黄河上游的吐蕃统治地区。吐蕃需要的茶叶、盐巴、布匹、丝绸、铁器等物资又在中原和四川。为此，唐蕃协议，在甘肃和四川建立茶马古道的物资集散地，将物资在灌县集中后，便组织马帮、骡帮和背夫队伍，把物资运到松州，然后再运往吐蕃。你可以试想一下，那些骡马帮和背夫队在这条古道上的艰难困苦，你听一听他们用鲜血和泪水凝成的歌谣："三垴九坪十八关，一锣一鼓上松潘。上一回松潘遇一回难，下一回灌县如过年……"

这就是没有畅通公路的苦衷。驾驶员孟山说：不过，如今大货车和小车不愁没有公路跑了，旮旮旯旯都是柏油马路和水泥路，那个没有公路的历史，已经一去不复返了。

当年，诗人董湘琴跋涉羊子岭时，发自内心的感慨，赋诗一首："天生一岭界华夷，上十里，下十五里，佳名自昔称娘子。把新旧唐诗重记起，天宝开元，这典故无从考据。伍髭须，杜十姨，或恐是才人游戏。盼不到为云为雨巫山女，梨花一枝，仿佛在溟濛空际。空山瓮马蹄，一路行来逦迤，行至岭头小憩。"

羊子岭又叫娘子岭，旧时有汉族地区与少数民族地区分界岭之说，是松茂古道上爬坡最长的一段路。而且，岭上建有木头架起的房子，有吃有住，是骡马帮和背夫们歇脚的地方。第二天，又徒步行走十五里下坡路，来到罗圈湾和兴文坪地界。诗人董湘琴见景生情，便写道："经过豆芽坪，复经麻柳湾。东界垴，无可观，东倒西歪几家茅店。豆芽、银杏与兴文，此三坪无可留恋。经沙坪，过罗圈，行来彻底关。关门朽烂，风雨飘摇剩一椽，更兼着阴岩绝壑天容惨，锁不住寒溪水，昼夜潺湲。坡下小停骖，吹起炊烟，行人照例该尖站。"

一路走一路歌，心情没有那么好。穷乡僻壤的茅草路，满目萧瑟凄凉的山村环境，诗人没有一点点生气。那豆芽坪、麻柳湾、东界垴、沙坪、银杏、彻底关都是去松茂古道的地名，仍残存着历史文化遗迹。

鲁迅曾经说："其实地上本没有路，走的人多了，也便成了路。"是的，没有前人走出的一条条路，就没有今天汶川作为阿坝州区域交通枢纽的新主旋律。目前，汶川县境内通车里程达一千多公里，乡镇、村寨四通八达……原来，从汶川到成都要走三四小时，遇上堵车半天也到不了，现在走高速公路，只需要一个半小时左右，省了一大半时间。

我们在被称作"第二生命线"的都汶高速公路上行驶，一路走来，宽阔的柏油路在阳光下闪着金光。孟师傅边开车边哼小曲，方向盘在手里玩的滴溜溜转。他说：周老师，这里是桃关了。当年，公路是从河对面顺河边走的，路窄不平，载重货车在这条路上，车翻人亡。每年七八月，雨水多，山洪如刀，冲毁的路基和桥梁不计其数……党和政府拨专项资金抢修这条阿坝州的生命线，不知投入了多少人力物力，这条路只要有难，政府就一马当先。

2008年5月12日汶川发生特大地震后，在恢复建设省干道的同时，都汶高速公路建成通车，没公路开山破石，建设了数个隧洞，使阿坝州汶川县这条生命线，从历史上的"蜀道难"到现在的"蜀道通"……生活真是芝麻开花呀！

我说这条路在古代是条牛、马和人踩出来的茅草路。当年诗人董湘琴上松潘赴任，途经桃关，目睹寒烟衰草，禁不住悲从中来，以文凭吊，感伤缅怀："桃关关上种胡桃，桃树桠槎都合抱……"

桃关与羊店大约一驿站（古代二十里建一驿站），快的徒步行走要一个半小时，慢步行走要两小时。我对孟山师傅说：我们现在在柏油路上行走，到羊店只需要二十分钟了，不急，慢慢开车，现在不是宋朝徒步行走十公里路为一驿站了，二十分钟就跑到羊店了。

羊店，古道上的驿站。有民谣唱道："威州的包子，板桥的面，要讨女人到羊店。"后来，随着社会的变迁变成"威州的包子小了，板桥的面少了，羊店的女人老了"……清朝诗人董湘琴赋诗曰："羊店一宵眠，飞沙晓渡关。高高一塔插云端，塔铃声碎风吹远，行人须早晚。日当午，风正酣，若遇着大王雄，纵乌获、孟贲也称不敢。扬尘扑面，吹平李贺山，杜陵老屋怎经卷！"……羊店不远处，传说杨贵妃河中沐浴，被路过的藩王偷看的故事，给当地平添了迷人的色彩。

我们大概过了第六个隧洞，便到了石纽山刳儿坪山脚下的飞沙关。我记得20世纪80年代这条路，是从河对岸走的，从高店子过来穿过山嘴的小而窄的隧洞，隧洞顶上还立着一座庙子，庙子下面是一条岷江回水漩涡，因公路窄，进隧洞又是急转弯，那些没有经验的开车师傅和外地进山来的驾驶员，一盘子不到位，就开下河去了，车和人就一头栽进漩涡里去了，打捞时连车子和人的影子都不知去向……现在这条路是在河床上架起宽大的水泥桥，绕过了"吃人不吐骨头"的回水漩涡。当年董湘琴路过此地写道："飞沙岭连飞沙关，岩刊石纽山，相传夏后诞此间。《蜀王本纪》：禹生广柔，隋改汶川县。凭指点，刳儿坪地望可参。今古茫茫，考据任人言。我来访古费盘桓，总算是尽力沟洫称圣贤，有功在民千秋鉴。"……这里曾是大禹出生的地方，名叫石纽山刳儿坪。从高店子步行到刳儿坪，还是一条古香古色的羊肠小道，跟现在的国道213线是今非昔比了。

董湘琴又吟诵道："一城如斗控万山。城外萧然，城内幽然，风景绝清闲。断井颓垣，疏疏落落谁家院？行过泮宫前，衙门对面，绝不闻人语声喧，多应是讼庭草满。由来此地出名员，甲榜先生多部选。尽可学鸣琴子贱，潘孟阳饮酒游山，真消遣，且偷安。纵教选个庞士元，百里才无从施展。街道匆匆游览遍，城外茶税关。"

董湘琴通过这首诗描写了绵虒。若追踪该县的来龙去脉，便知是汉武帝元鼎六年（前111）建的绵虒县。现为汶川县绵虒镇，历史悠久，文化底蕴深厚，名人辈出。据《蜀中广记》称："汶川县，汉之虒县也，虎有角曰虒，行水中，地有此兽也。"因而得名。就在踏进绵虒的右侧山下，竖着写有"大禹故里"雕像的旅游景点，宽阔的水泥梯步款款而上，行至大禹塑像的坪台，只见大禹雕像头戴草帽，身穿蓑衣，高大威武。每年六月初六，当地政府在此地举办盛大的庆典活动，纪念大禹诞辰和他治水"三过家门而不入"的丰功伟绩。羌民们穿着节日的盛装，敲响脆生生的羊皮鼓，跳起欢乐的锅庄舞，边跳边唱："苕西唉，幸运哟，大禹生日吉祥呀，唱支歌儿祝福呃，唉呀，西马拉呀嗨……"

我们的红旗轿车在大山的肚腹之中行走，穿越了数个国道的隧洞，大多数隧洞灯光闪亮，尽管少数隧洞没有灯光，但我们看到是前赴后继的灵魂和永生……

转眼间，我们来到了七盘沟。当年诗人董湘琴从沿途的山光水色中，选取了独具特色的景致稍加点染，便勾绘出一幅幅轻快明丽的画面："板桥早发七盘沟，残月尚如钩。晓风吹起毵毵柳，门外碧溪流。山月水秀，好风景在场头！萧萧竹木天容瘦，水碓鸣椰，闲点缀花开篱窦，却少个临风招展飘旗酒。山势渐夷迤，上坡路不平不陡，螺旋蚁折，山似巴江学字流，整整的七盘消受。攀跻到岭头，望威州绝似齐州，云烟点九。"

突然，我记起1969年的一天，大雪密层层地飘落，满山遍野白花花的。我从成都坐军车到七盘沟，军车是从渡船上过河的，右边的公路还没有修通呢。我在汶川县中队入伍的第三天，还没来得及军训，就把我们一群新战士拉去修公路。当时，由于山高坡陡，山上滚石不断，战士们只能挖挖停停，搞了一个多星期，才把那段石头泥巴公路修通。此刻，早已今非昔比了。

沿七盘沟行走到最后一个隧洞，便是传说中的"沙窝子"。古时候，沙窝子地带森林茂密，绿树成荫，香火旺盛的七星庙就掩映在其中。有一天，一位小龙女到七星庙烧香拜佛，却被白胖和尚缠住了，骗入室内做不知羞耻的事情。小龙女一气之下，挥动起红头绳，顿时，狂风四起，烟雾缭绕，四面八方卷起弥漫的沙子，将贼和尚掩埋了。从此，这里就起名"沙窝子"，一直流传至今。

但是，诗人董湘琴并不那么认为。他觉得传说是人们渴望着美好的一种向往，认为每日午后吹起流沙，形成大片沙漠，是河谷空气对流造成的自然现象。于是，他便作诗一首吟咏道："岭上风光分外明，路旁沙色白如银，似一所玉屏，寻不出些儿刀痕斧痕。纵刀断斧切，也无此齐整。风起皱沙纹，纹如片片龙鳞影。"……诗人观察生活细致入微，比喻形象，刻画生动，惟妙惟肖，让人读后犹如身临其境。不过，现在的沙窝子经过绿化，风小了，沙没了，一座座楼房拔地而起，变成了汶川县游客来往的汽车站了——改天换地看人间奇迹。

过去，从七盘沟去威州镇，是从沙窝子一条老公路走的，路窄而弯多，遇上风沙弥漫的天气，必须关闭车窗门；如果是大雨倾盆，分水沟路面七拱八翘，坑坑洼洼，不说行车危险，就是人步行也艰难啊！

现在，我们是在沙窝子对面的柏油路上，向汶川县政府所在地——威州镇行进。不多时，眼前开阔了，亮丽了——"三山竞秀，二水争流，一城夹江进新楼，喜看古威州。"到了，我们从阳光家园旁的大禹塑像下路过，心里感慨不已：伟大的禹啊，您为天下老百姓疏通九江八河，三过家门而不入，建立了中国历史上第一个王朝——夏朝，立下了汗马功劳。如今，您仍然守着汶川威州的大门，耳闻目睹汶川的一天天、一月月、一年年的巨变，一条条盘山水泥路，如一条条彩虹，改变了人生轨迹。但您有所不知呢，清朝诗人董湘琴对威州是这么描写的："威州自古叫维州，城号无忧。三面环山一面水，李文饶旧把边筹。冤哉悉怛谋！牛李自此生仇构。怀古不胜愁，匆匆旅店投。店门外闲游。六街灯火明如昼，真个是人烟辐辏。呼儿旅邸频沽酒，深宵话久，一枕黑甜游。鸡声唤起行人走，鞍马铃骡，又扑起征尘五斗。"

大禹，您那个年代，董湘琴那个年代，我们这个年代，都从这一条路上走过来了，都是一路风雨一路歌。但是，我们幸运多了。从成都平原沿国道213线，一路来到汶川威州，宽阔整洁的柏油马路蜿蜒向前，像一条动脉血管，弯弯曲曲的绕岷山伸展，盘旋在羌村山寨的水泥路，如一条条毛细血管呈网状，途经漩口、丹青水磨、神韵映秀、大禹故里绵虒、无忧城威州……然而，我们沉到更深处去，就可以望见璀璨，岁月如山河万丈。这翻天覆地的变化，山活了，人鲜活了……

我们沿公路驶进雁门关，那是我多年前，从威州坐拉运石灰的马车，在周仓背石塞雁门处下车后，爬了两个半小时的茅草路，才到达索桥小寨子，然后去萝卜寨，搜集羌族民间故事和歌谣。这条可爱的茅草小路，来去上下，我爬了大约二十次。现在，不知是自己眼花还是别的什么缘故，茅草小路没了，连那片山坡都完全变了，一条如蛇一样的水泥路，弯弯拐拐地直插云朵上的都市——萝卜寨。天啦，含辛茹苦修出这条"绝壁天路"，纵观古今，这是改天换地之壮举啊！

往事沧桑如梦，人生几度秋凉。当年，诗人董湘琴路经雁门见景生情赋诗曰："锁钥西来一雁门，是松州重镇。边气郁萧森，江间波浪兼天滚。周将军到此何曾？偏有这脱靴痕，双撑如笋。长途渐荡平，塘所烟墩，汉唐古迹今犹剩。猛想起前朝战争，羽檄征兵，进尺得尺，进寸得寸，处处劳鞍镫，由来弃地有明徵。何事最撩人？野鸟山花，幽崖曲涧饶风韵。明妃出塞最销魂，青冢黄昏；纵文姬归来，已不堪飘零红粉。往事怕重论，同是天涯沦落人，司马青衫，年年都向泪痕损。"

那时候，柏油马路和水泥路，在我们这个地域，人们还没有那个概念。诗人是坐滑竿沿路行走，发自内心的感触油然而生。现在这里的人，坐私家车进城，坐私家车回家，一路走一路歌……不只是说路把他们带出了山外，还把山外人领进了村子，源源不断的山货飞到四面八方去了。

这时候，太阳的亮度减弱了，饱和度增高，色彩愈发浓郁，霞光染红了半边天。我对孟师傅说，这一路走来，体验了实情，以后若有机会，沿成阿公路再走一回。孟师傅还是哼着小曲，说他这次走这条都汶公路长了许多见识，原来这条路还有李白、杜甫、薛涛、董湘琴等诗人诗兴大发，真是一路风雨一路歌啊！他下次不开红旗车来了，要乘坐高铁沿成阿公路逍遥逍遥……

山地营养

我写作没有任何企图。四十多年了，无论小说、散文、报告文学、故事、歌谣、电视、评论……无论成功或者失败，我都认真对待，从不过分紧张，只坚定一个信念，两耳不闻窗外事，埋着头好好地写吧。

比如，小说集《大房子里面的小屋》，便是我学着羌族姑娘一针一线挑花刺绣给绣出来的。

它谈不上是一条通往彼岸的竹索桥，也不是一条挂在空中的溜索，说白了，是山地的一些小故事。

我是鄂西人，20世纪60年代末参军来到四川的川西北汶川县，80年代初转业到当地从事群众文化辅导工作，一个土家人娶了个羌家女，喜结良缘。有了这个平台，加之文化工作的性质，我便上山下乡，几乎浸泡在羌家人的生活习性之中。这样一来，我这个土家人就演变成了羌家婿了。生活中，我逐步发现，羌家人和土家人的山地生活习惯基本一致。比如：头包白布帕，身着麻布衣，脚穿绣花鞋，挑花刺绣，能歌善舞，放狗撵山，牧羊放牛，喂猪养鸡，丧葬嫁娶，吹吹打打，玉米荞麦，洋芋糍粑……羌年庆丰收，敬神盼年丰，脆生生的羊皮鼓，咿咿呀呀的羌笛声，那锣鼓也凑热闹，锵咚锵咚锵……

我看见山地里的小草和树木好像在向我微笑，那些猪牛羊，我看见它们好亲切，小鸟在树枝上欢叫，好像在歌唱，蓝天白云如被盖，肥沃的山地好似床铺……这就是山地的营养赋予我的想象力。

这些充满山地泥土气息的生活源泉，是作家了解和理解一个民族生存方式的重要途径。这样，我这个土家人的生存方式和羌家人的生存方式就沟通了。尽管有了民族与民族之间的相同生活基础，但我始终疑惑不解，不知道古往今来，土家人和羌家人有什么渊源。

1985年，汶川县还没有建置图书馆。我在文化馆图书室里上班，搞借阅和报章杂志管理。有一天，文化馆编舞蹈的小杨从昆明演出回来，送我一本有关土家族的历史书籍。她叫我看一看这本书，挺有意思的。我东翻西看，无意间，读到一段文字记载："三千多年前，由于战争，羌族被打得七零八落，剩下的生存者，流落到其他民族里开花结果了，土家族就是羌族的后裔……"我不相信，但又不得不信。这期间，由于整天泡在书堆里，我不厌其烦地读各种书籍，除了中国的四大名著，还读了外国的博尔赫斯、萨特、卡夫卡、海明威、马尔克斯等的小说。后来，我还认真阅读了沈从文的小说和散文，鲁迅的《阿Q正传》和《祝福》……

我摸着石头过河，慢慢探索着写小说，白天上班忙工作，晚上"夜战马超"搞创作，功夫不负有心人，我的第一篇小说《夜巡草场》被《西藏文学》刊登了。后来，陆续在《萌芽》《四川文学》《民族文学》《草地》《珠海》等刊物发表作品，并由四川民族出版社出版了我第一本短篇小说集《蜜月》。我随后又相继出版了《周辉枝中篇小说选》、中短篇小说集《古道遗梦》，以及短篇小说集《黑蘑菇》《大房子里的小屋》、散文集《妈妈不难过》《神树林》；还有搜集整理出版，并被国家图书馆正版收藏的《中国羌族故事精选集》和《中国羌族情歌精选100首》。除此，我还主编、选编了一系列作品出版，包括散文集《映秀神韵》，以及《托起明天的太阳》《凝固的音乐》《诗赋精选》《羌族风情录》《汶川小说集》《汶川散文集》《汶川文学作品选》《姜维城的传说》《传说萝卜寨》，等等。并且与人合作撰写7集电视艺术片《羌族》，有幸在中央电视台播放。这些作品中的人物和故事，都是出自羌家人那片神奇的山地。崇山峻岭里的邛笼与天连接，大禹故里，姜维筑姜维城。如果没有这片山地的孕育，我无法创造出这些作品。

　　20 世纪 90 年代末，我在晋升文学创作副研究员答辩时，一位评委专家问我：你从鄂西土家族地区来到四川岷江上游的羌族地区，按道理土家人与羌族人血脉不相通，生活和风俗也不一样，那么，你在文学创作中是怎么嫁接融洽的？我很紧张，没想到要我回答这么深的一个问题。由于我没有大学文凭，又不会英语，是破格晋升副高级职称的，所以要答辩。我说：羌族人的生活方式和风俗与我们土家人基本相同，这有历史记载，土家族人是羌族人的后裔。所以，我在文学创作中比较顺手。三位专家啥也没说，默认了。他们又问我是如何辅导群众文化的。我说我主编了一本《羌族文学》刊物，用这块园地辅导和培养业余文学写作者，争取培养出一两个羌族作家……后来，培养了几十位有潜力的文学写作者，他们却借着这个梯子转向了，奈何。

　　生活不是小说，但又是小说，就看怎么去感悟和运作。有位作家说："短篇小说不像长篇小说，有足够的篇幅去描绘、复制生活。阔大如天地，浩瀚若江河，细密处又如工笔、微雕，多少幽微的心思都可以细细描摹、抒情。短篇小说天生拮据，不敢大手大脚，动作大了收不回来，又不能小里小气，因为没有那个空间和时间描微画末。"

　　短篇小说好比凉拌的菜，五味俱全，它不是取决于量的多少，而是在于它的味道。

　　我的短篇小说集中的《39 克金链》是写人生况味的。这篇小说的生活来源，是我战友朱小波的虚实生活（真假难分）。他从部队转业到地方，正遇改革开放下海经商的浪潮。人是经不住诱惑的，他申请停薪留职去下海经商。由于部队生活的单纯与地方生活的复杂性，几年下来，不但没有捞到钱反而欠了一屁股债，被送上法庭，无奈之下，他和妻子金之假离婚。没想到弄巧成拙，几年以后，妻子金之与他人结婚。而将他告上法庭的王丽莎在丈夫因事故死后，才弄清欠款的来龙去脉，故仇人变成了友人、爱人——朱小波和王丽莎结婚了。金之的丈夫在汶川特大地震中遇难以后，她戴上金链去看望前夫朱小波，是出于心灵的愧疚和善意。善是一颗万能的种子，上通天神，下通土地神，三界之中共用的语言是善。这篇小说的用意是不是这样的呢？也许，时间的力量会给予一切。

我注重男人与女人的思考。男人在体力上是强者，女人在心力上是强者。现在的城市与乡村的区别不大，高高的楼房，花花绿绿的街市，用外文做招牌的店铺，也进入了古老羌民族的山地。社会进步了，人们的思想观念也变化了。于是，我就构思了一篇《HELLO 陌陌》的小说。主人公天宝定尔是一位摄影师，女主人公田中苗是舞蹈编剧（县长夫人），派出所和县长及旅店的老板是陪衬人物。由于路基被山洪冲毁，小镇上的大小旅店住满了，他们两个人走进"HELLO 陌陌"旅店，可旅店仅剩一间住房，无奈之下，只好住在一间房里了。我尽力把女人描写得美丽又性感，而且主动为天宝定尔推拿，促使男人激情奔放。女人累出一身汗水，男人却睡着了。女人的劳动没有换取一点收获，她一怒之下，便将那男人的摄影包丢进激浪滔滔的河里去了。这就是女人的心力，一种骨感美。那男人不是不懂女人的需求，他是有底线的，更是一种骨感之美。接着，我又写出一篇《狗尾巴草》，这是一篇抗战作品，没有如意。那篇《大房子里面的小屋》是一篇探索性的新品种，我也不知道写出味道没有。

羌民族的山地是有灵魂的，树木和小草也是有灵魂的，雀鸟会唱歌，猪、牛、羊、鸡、鸭都会叫出不同的声音……我吸收这些丰富的营养，力求使作品更厚重一些。

岳阳楼

我这回生病住院了，人说小手术，但因为有些缘故，变成了大手术，差点到马克思那儿报到去了。幸好，我是属狗的，命长，去了一趟，又回来了。

6月4日凌晨1点，我胸口痛得很厉害，以为是胃病，便去阿坝州林业中心医院看急诊，经确诊为"急性胆结石"，便在医院检查输液止痛。医生说东，就得东，医生说西，你就得西，无可奈何，住院了。

6月5日，小儿子得知我生病的消息，便开车接我去华西医院检查，确诊仍为急性胆结石。本该在医院住院治疗，但因不方便，回到小儿子家住一晚，也痛了一晚。

6月6日，去郫都区中医院，外科医生看了我在华西医院确诊的病历，把我安排在外科59床输液，上午四大瓶三小瓶，下午同样输那么多水水（药液），不分昼夜地输了四天液，那女护士的态度挺好，眉开眼笑，问长问短，今天把针头插进左手背血管里，明天又插进右手血管里，不疼，反正，我都麻木了。

6月10日上午8点30分，我被护士、医生和小儿子用手推车推进一间宽大又明亮的房间。他们要我躺下。我很听话，就躺上那张床上。我看见无影灯温柔地照着。我对医生说：这无影灯的罩子是方形的了，以前割阑尾的时候是圆形的。医生和护士不答白，我啥也不知道了。

6月11日，我由原来的59床改为14床。奇怪的是，老伴不在我身边照顾了，而是一位陌生的女人，个子比老伴高出一头，脸蛋圆圆的，白里透红，双眼皮，笑起来露出一口白牙。我有气无力问她是哪个。她说她是被我老伴请来的护理工，她姓岳，名岳萍，微信昵称"岳阳楼"。

我说宋朝文学家范仲淹为重修岳阳楼写了篇散文《岳阳楼记》，你那微信昵称起得好。看来，太阳底下的任何事都不是无缘无故的，你读书不少呢。她笑嘻嘻地说，她读高三的时候，在学校图书室读了不少中外名著，毕业后，就出门打工赚钱养家糊口，再也没有碰过书了。

我鼻孔里塞了一根呼吸管，很不适应，想把它拔掉。岳阳楼问我哪儿不舒服。我伸手扯胶管子。岳阳楼说我动手术后，因喉炎严重，呼吸困难送进监护室一天多才出来的，那根呼吸管不能扯，医生安呼吸机是有道理的。我还能说什么呢，听岳阳楼的也是听医生的，毕竟，岳阳楼在这个医院外科做护理混熟悉了，见到医生和护士都是喜笑颜开的。

天很热，我叫岳阳楼打开空调。可是，那遥控器在护士长手里管着的，不能随便开空调。16床是个重病号，听他爱人说是晚期肝癌。那病床挨着窗户，太阳抵着晒。那病号有气无力地叫："哎哟喂，太热了哟，开开空调吧，我已经八天没有进口一颗米了，心里慌着呢，哎哟喂，哎哟喂……"

八天没进一粒主食，全靠输液维持生命，真是可怜人儿了。我虽然切除脓性胆结石，开了一条口子，缝了十二针，瘦了十六斤肉，也有六天没进一粒主食，但我身体素质棒，只是感觉室内热，空气一点也不好。这时候，岳阳楼从护士长手里拿来了遥控器，把空调打开了，温度调在26度，不一会儿，病房里就清凉了。岳阳楼问我饿了没有。我说：唉呀，怎么说呢，我老伴不在身边还真有点饿了。岳阳楼一抿嘴笑道：老师病了不是，如果不病还有点儿坏呢。我说我是叫鸡公，不打水的（地方土语，"叫鸡公，不打水"指不发生性关系），开个玩笑。

老师饿了？我去买碗菜稀饭来。岳阳楼说。

我要上洗手间。我说着，便用手撑着床边想自己下床，但怎么用力也无济于事，大脑不听支配，好像四肢捆绑在病床上一样。岳阳楼问我是解大便还是解小便。我说都几天没沾五谷了，哪儿有大便呢，肚子里和身上都是药水，我要解小便。

岳阳楼从病床下拿一把夜壶，说：老师把身子朝右边侧一点，把火炮（内裤）拉开。说时迟，那时快，她把夜壶塞进被盖窝里了，手已经触到了我下身。我一把攥紧夜壶，拉开她的手，说：我自己来，自己能行。岳阳楼说：哎呀，那有啥子嘛，老师是病人，拉屎拉尿是我的护理职责，老师也太古板了。

我像脱尽重重束缚，舒展开来，一身轻松了，深深呼吸了一口气。岳阳楼伸手拿夜壶把尿送到洗手间倒了。她站在病床前，用湿毛巾擦着我额头、颈脖、胸脯上的汗水，然后叫我躺着别乱动，小心把伤口挣开了，挣开了，身体还会吃大亏呢。饮食上，尽量吃清淡，少吃油腻的东西，还要少食多餐呢。说完她就到医院大门口小饭店买菜稀饭去了。

守护在 16 床重病号的爱人说：这个岳护理工蛮好的，手脚麻利，责任心强，心眼也好。她问我一天给岳阳楼多少护理费，我说不知道。仿佛听老伴说每天付二百元吧。那位看丈夫的女人说：唉呀，那么多啊？一个月要付人家六千元呢，哎呀喂，我的妈呀，我是付不起那个钱，他要死就死去吧。

她男人有气无力地让他婆娘给医生说明天就出院了。他这病是医不好的，他苦躺在闷死人的地方，还不如早点回家，在田间地头透透新鲜空气，说不定病情会好起来。他婆娘说晓得，医生说再输两天液，就办出院手续。

这时候，岳阳楼买菜稀饭回来了。她走进病房就问我打屁没有。我说打屁了。她说动了手术，必须打屁才能吃东西，否则……她没往下说了。她手里端着纸饭盒子，靠近我躺着的病床坐下，将两只衣袖挽起，亮出白嫩的手臂，用勺子给我喂稀饭，舀一勺子在嘴边吹吹，便送进我嘴里了。我感觉很别扭，不是稀饭汤滴在被盖上，就是只喝米汤吃不上米饭。我摆了摆手说自己来。她说你能行吗。我从她手里拿过饭盒和勺子，举勺子的右手不听支配，不停地颤抖，没办法将菜稀饭舀起塞进口里。岳阳楼说：怎么样？说不行就是不行，还自己逞能呢，这叫作不见棺材不落泪！我结结巴巴地说：你、你那手又白又嫩，太美感……岳阳楼说：老师病成这个样子了，还不老实，眼睛还下乡搜集素材，等会儿师娘来了，准告状的。我啥话都咽进肚里了。其实，我没别的意思，只是爱开玩笑，不说不笑，阎王不要呢，对女人就这德性，虚的，没有一点实际的。岳阳楼用湿毛巾在我额头上擦了擦汗，连续用勺子喂菜稀饭，还吃了一个小馒头。岳阳楼说：唉呀，医生说，不能吃泡菜，也不能吃辛辣的，坚持一下吧。晚饭吃面条，我喊厨师多放点猪油，有点油气，伤口好得快一些。我说随便吧，反正，牛儿拴在你桩桩上，好孬都由你安排。

6月19日，上午8时30分，晴空万里，阳光灿烂，外科医生开始查病房了。主管我的刘主任和秦医生以及护士，走近我住的14号病床，秦医生伸手揭开盖在我胸脯上的被单，问我肚子胀不胀，想不想呕吐、咳不咳嗽、头晕不晕、爱不爱放屁。我说放的不响屁。岳阳楼把话接过去说：各位医生有所不知，这位老师睡着了尽放响屁呢，醒着时又挺幽默的……我看着岳阳楼笑着的腮帮上露出两个酒窝，好像有一种甜甜的味道，嘴里亮出一口雪白银牙，灯下闪着雪白的光，太诱人了。

这时候，老伴走进病房问我怎么样。我没理她，心里不舒服，觉得陌生人一样。

秦医生说：你家属来了？

我说她今天才来的。

秦医生说：你今天出院吧，明天到住院部办理出院手续。

我立刻觉得，这一出院就再也不会来医院了。我怔怔地看着我老伴，似乎想在她脸上找到一对酒窝或两排雪白银牙，以及那轻盈的、白嫩的手，怎么可能呢？人，不可能长一样的。我恳求医生道：

"明天办理出院手续后再出院，可不可以？"

秦医生说：看来，你精神恢复不错，对医务人员有了感情，可以的，明天办出院手续就正式出院吧，一周以后，回医院复查。

6月20日清早，岳阳楼把牙膏挤在牙刷上，打了一盆热水，叫我漱口洗脸，她去医院大门口小食店给我买馄饨，吃完早餐，陪我下楼去，等待老伴和儿子来办出院手续，一并接我回家休养。我啥也不说，心里有些不愉快，只默默看着她抿嘴笑的腮帮上，一对酒窝和一口雪白的银牙……她说：老师，我护理你这么久了，如果有不周全的地方，请老师指正，我今后会做得更好些。我说不出话来。随后，她要我的手机号码，加了我的微信，她的昵称是岳阳楼，今后，可以在微信里聊天啦。

我心想：空聊、空聊……

梦见一只鞋

午休，梦见一只布鞋。当时，我在威州大桥头散步，无意中发现地上有一块好看的石头，身边还有一陌生人也看到了，在犹豫要不要去捡，但离我很近就顺手捡起来了，一看，是一只鞋，鞋底是一座汉代的山，有绘画图案；鞋心和鞋帮是中国工农红军绘画图案，红色字样。我去拿另外的东西，就把鞋子放在屋檐上。这时候，县长坐在桥头上和一个人说话，我想拿那只鞋叫他看看有什么含义，刚拿到手，从桥头左边房子里走出一位漂亮女子，那儿是桥头堡的饭馆，请县长吃饭去了。

我手里还捏着那只鞋，站在桥上目送着他的背影，心想：岷江鱼可能在喊救命了。

我的眼泪

一大家人要回老家过年，我的心情可想而知了。几天以前，就开始做准备，从四川到湖北的路程远，路上需要带干粮，比如：牛肉干、煮熟的香肠、牛奶、面包、矿泉水……至于兄弟姐妹送什么礼物，好酒好烟少不了，硬糖软糖作陪衬，侄女外孙的压岁钱也少不了，两辆小车的后备厢装得满满的，天一亮，就出发。

我心去难留，躺在床上东猜西想，没完没了，折腾累了，才慢慢进入梦乡。我仿佛坐在车上，又好像在走路。从汶川到成都、重庆、万州、巫山，没有一点印象，再从巴东县过长江大桥，进入罐子口、猴子坡、坪阳坝、沿渡河、两河口、堆子场、天子坪、大转拐（这些小路是我过去经常走的）便是家了。我在走印象中的茅草路，坡坡坎坎，一上一下。我看见我的两个弟弟和一个妹妹，他们都很亲热但不说话，院坝里有鸡走动。黄泥巴夯成的土墙，茅草盖顶，正面墙上横一根竹竿晾着衣服。父亲和母亲坐在院坝里吸叶子烟，看见我好像不认识我。我没有任何感觉……

你醒醒吧，你怎么出那么多汗呢？喂，你睡死了是不？快到家了！

我翻了翻身，蒙胧中听到老伴叫我。我一下醒来，天大亮了。我知道我刚在梦游回家。现在真的要坐车回家了。

我坐在车上，柏油马路在车子的肚皮底下嗖嗖地过去了，沿公路上的大小汽车，好像蚂蚁搬家一样。城市里的高楼大厦和乡村里的房屋，没有两样。人们的精神面貌光彩照人。大炼钢铁时，被砍伐了的秃山，不知是幻觉还是真实的，现在变成了黑压压的森林，老熊和野猪藏在里面繁衍，小崽子在密林里玩游戏。"文化大革命"时期被蚕食光了的麻雀，不知从天而降还是别的缘故，又回来了。奇怪的是，山还是那座山，土地还是那片土地，朦胧里那些原本的草房子却不知去向，重新从土地上立起来的贴着瓷砖的小楼房，如生长的蘑菇一样。不敢想象，几百几千年的故土上，水泥公路像飘带一样，飘至家门口。想象是事实，事实终归想象吧。白天碰到的事情，梦里就会重演的。

我们回一趟老家不容易。虽然，远离家乡数十年，但对生我养我的故土，仍然是那样眷恋。我回家后的第二天，便步行到花树梁子去看生我养我的土坡。其实这片故土不是我一个人的出生地，还有弟弟和妹妹六人，在漫长的岁月里先后走了两个弟弟妹妹。俗话说，人大分家，树大分丫。剩下的几弟妹各自立了烟火，父母仍在破旧的土茅草房子里顽强地生活着。后来，父母走不动了，跟了二弟和三弟，多年后相继命归黄土。我望着那片方圆数十亩的荒芜土地，各种高大的树木和杂草掩盖着，看不见一寸泥土，房屋地基也成了一片废墟。此时此刻，我仿佛听见父亲磨砍柴刀的声音，母亲嚓嚓嚓地砍猪草的声音……我差点喊出爸妈……我咬紧牙，泪水在眼眶里打转转。我强忍着对身边的孙儿孙女说，这儿是你们祖祖住过的地方，对身边的儿子和媳妇说，这里是你们的爷爷和奶奶住过的房屋地基。他们懵懵懂懂的不惊不奇。这我理解，四世同堂，应分为四个层次，四个不同的历史阶段，思想观念都不一样。当然，他们这种恍惚的行为，在生活的大背景下，谁是谁非，我也说不清道不明。还好，在二弟家的头一天，我们就在父母双老的坟前，烧了钱纸，放了鞭炮，磕了三个头，不说别的，至少，在儿女们的大脑里，打下了一个烙印，也知道了我的根在这里吧。

我的儿女们都去了二弟家。我和三弟沿着小时候读书的茅草路，回味当年背着书包行走小路去上学的记忆。那时候，吃没吃的，穿没穿的，寒冬腊月，冰天雪地，脚穿一双草鞋，从家里走到沟底，再沿着一条弯弯拐拐的小路走到天子坪，过一道小河，还要走一截泥路，才到达念书的学堂。现在走起来虽然吃力，但走一步又看一看，想一想，仿佛有一种新鲜感似的，还能勾起一些小故事出来呢。

我和三弟不知不觉走到我当年读小学的母校。我看了看，原来的四合院没有了，就地建起了像豆腐墩一样的高楼房。我指着那些房子问三弟，是谁拆了学校？又是谁占用学校地基修了房子？我心里极度不安。三弟说他认识那些修房子的人，有些是当地村民，有的是外地人修的宾馆，因为这里是一条通往神农架的旅游线，其他的就不清楚了。

那所四合天井大院的沿革，应该是 1936 年修建的乡公所，内设相关机关，部分房子用作开办学校。四合院为土木结构三层，内外阳台，一楼前沿大门，左右各三间，后院八间，左八间，右八间，总共房屋三十间，二、三楼共六十四间，中间为空间院坝，可供学生老师课间活动，保丁甲长集会、乡公所人员休息。二、三楼内外墙修着走马转甬阳台，极为壮观。

修建四合天井大院，乡民无偿筑土墙，木材由当地富商和乡民砍伐送到工地，所有费用开支均由当地富商及区置筹集，历时两年，耗资千余元宝，用工一万余人。

1949 年 4 月，整编乡镇，长丰和罗溪两乡合并为新生乡，乡公所设在罗溪坝，归属罗坪区管辖。1949 年 10 月，人民政府没收了四合天井大院，由堆子乡人民政府管辖，办成中小学校，有师生和勤杂人员一百余人。曾经是恶霸土豪的天堂，时来运转，变成了穷人孩子琅琅读书声的地方。

而今，我的瞳孔里始终是四合天井大院改为的学校，我的耳朵里都是孩子们的琅琅读书声。黄老师手里拿着教鞭，站立在教室里的书桌前，指点我识字；李老师教我加、减、乘、除；吴老师挥手打拍子教我唱歌……他们把脑子里的知识搬到我脑子里来了，装得满满的。可是，现在学校没了，他们去了哪儿呢？多好的母校啊，多么值得敬畏的老师……我的心很疼很疼。我的眼泪不由自主地流出来了。三弟劝我不要难过，旧的不去新的不来，是事物发展的规律。我看着他说，好的，我们回吧。其实，怎么走回二弟家的，我也不知道，一切都好像在梦里。

鱼的声音

我离开故乡四十多年了，每每翘首大巴山脉，那鱼的叫声便在耳畔挥之不去地回响，那鱼腥味也随清风送来，美滋滋的。

神农架山麓有一个名叫"土坡"的地方，它像手掌一样，四周如五指山，掌心中便是我儿时居住的草房子。在我家的门前不远处，有从神农溪流出来的一条弯曲的小河，人称满天星河，顾名思义，那是夜晚的繁星倒映在河水里闪耀的灿烂星光，当地有文化的人给起的美名儿，名副其实。

儿时的故土，山不穷，水不穷，人却穷得叮当响。这是什么原因呢？是人的因素还是天不作美？至今，我也没有找到答案。我们一家六口人，爷爷奶奶老了不能干重活了。弟弟还年少不知事理。只有父母亲在月亮照耀的上半夜，去几里外的山沟里背水，下半夜的月亮偏西了，又沿着一条小路去山里背柴，不分白天和黑夜的劳累。可是，打回来的粮食，除了上交国家公粮以外，剩下的口粮只能过冬，到了第二年桃花盛开的季节，家里就揭不开锅了。但父母亲仍然一个劲地干活，耕地种玉米，犁田栽秧种稻谷；奶奶闲不住，手提一只竹编小篓，一双小脚走路一拐一拐的，去地头采摘一些野菜回家煮面汤，以解燃眉之急；爷爷有一门绝活儿，那便是下河打鱼和钓鱼，我们一家人在青黄不接时，全靠爷爷那门绝活儿充饥带打牙祭。

爷爷下河钓鱼要看天色。他说下雨不要下河，闪电雷鸣不要下河，因为，大鱼小鱼都会保护自己，躲进石头缝里了，只有不知事理的小鱼还在水凼里游玩呢。我对钓鱼很有兴趣，所以爷爷每次下河打鱼或者钓鱼，我便背着竹编小笆篓子，跟在他后面屁颠屁颠地去了。

满天星河左边有一条淤泥小沟，是从上面堆子小学排下来的废水。爷爷用刀子在水沟边撬蚯蚓，撬一条就装进事先备好的竹筒里，为免蚯蚓从竹筒里爬出来，吩咐我举在手里摇一摇，差不多了，爷爷拿来三根细竹竿，将蚯蚓掐成小节，穿在弯弯的钓鱼钩上，再用一块小长条石拴在钓鱼钩的相连处，然后，左右手举起钓鱼竿，轻轻地抛入回水沱，将钓鱼竿一端固定在地上，顺势坐在石头边，等待鱼儿上钩。

我依偎在爷爷的身边坐着，一双眼睛紧紧盯着被河风摇动的钓鱼线。我问：爷爷你那鱼怎么不上钩呢？爷爷用手摸着我的头顶说：钓鱼要有耐心，心急吃不上热豆腐。那鱼也不是瓜娃子，就那么容易上钩吗？它还不是在试探，鱼也有灵性的，稍有不慎，莫想钓到一条鱼。话音未落，右边的鱼竿刷刷地摇了几下。爷爷伸手就抓住了鱼竿，慢慢地往面前拉动，快要离水面了，使劲一提甩在草地上。我急忙跑过去按住，抓起来就放进竹篓子里了。爷爷却不紧不慢地说那是一条石爬子鱼。打不到猎心里慌，打不到鱼一碗汤。今晚上，爷俩可以煮一碗鱼汤喝了。

我说：那奶奶、爸妈和弟弟吃什么呢？爷爷又说：别着急要有耐心。鱼的眼睛很亮很亮，它盯住了鱼食，还会辨别是真是假，不会轻易碰的，待确定以后，尾巴一摇，嘴一张，刷一下，便将鱼食叼走了。如果是小鱼虾或者是石头上的青苔，它们这一天就愉快地活下去了。如果是我们下的饵食，钓鱼钩挂住了它们的鱼鳃，我们就有打牙祭的了。

我目不转睛地看着钓鱼线，河风仍然摇动着钓鱼线。我想那鱼真聪明，这么老半天了，才钓到一条不过二两重量的石爬子鱼，再这么等下去，那鱼能上钩吗？我倒无所谓，可爷爷那么大年龄了，头顶着太阳，口渴了喝几口生河水，受得了吗？我心疼呢。这时候，爷爷站立起来了，伸着右手反过去捶着背，两眼闭得紧紧地朝着正前方，好像在默默地乞讨什么。然后，爷爷回身坐下了，不声不响，把三根钓鱼竿收回来，横放在自己弯着的大腿上，梳理着缠在钓鱼线上的草茎后，便重新安上蚯蚓鱼饵，用力抛入水潭里，把钓鱼竿固定在地上。他回过头来看着我笑笑，是那种疼爱的笑脸。他问我饿了不。我看着他摇摇头。他说坚持一下吧，贵在坚持。晚上回家煮鱼汤，放点香葱。

我不但肚子饿，眼睛也很饿。我把钓鱼线盯得紧紧的，盼着钓鱼线有大动作，那样鱼就上钩了。果不其然，有一根钓鱼竿闪了两下。我大声喊叫：钓着了，钓着了！爷爷伸手拿着鱼竿，慢慢地往回拉，露出水面的却是一只旧草鞋挂在鱼钩上。爷爷不声不响，将旧草鞋取下来，又将蚯蚓鱼饵套在鱼钩上，顺势丢进水潭里了。爷爷说好事多磨，好事多磨。

爷爷是背夫出身的，虽然大字不识，但他看见和听到的故事太多了。所以他会使用"耐心"和"坚持"的词语，还会用"好事多磨"的成语。他常常自夸他过的桥比我们走的路多。他说他爷爷和他父母亲，四处逃荒要饭过日子，居住过穿洞子（岩洞）、狮子包木头穿架子房子、老岩窝、姚家包草房子、马家屋场木板房，一共搬了五次家，最后才落脚到土坡黄泥巴筑起的房子里。我傻呼呼地抱住爷爷的颈脖说，爷爷，你好坎坷哟。

爷爷伴随我摇着他的身子骨说，这人一生中都是走的溜溜坡，盘盘路呢，哪有一帆风顺的事情？说话间，我看见钓鱼竿突突突地闪了两下。爷爷慌忙抓起钓鱼竿，慢慢地往回拉线，待拉到离岸不远时，猛的一下提到岸上了。一条细甲鱼，约两斤重量，在草坪上翻着白肚子，啪啪地跂个不停。爷爷把鱼抓在手里取下鱼钩时，那条细甲鱼还拼命地挣扎，发出唧唧唧的叫声。我是头一次听到鱼的声音，多么美妙的声音啊！爷爷用大拇指和食指卡住细甲鱼的两腮，轻轻放进竹篓子里，那鱼在笆篓子里活蹦乱跳，唧唧唧地叫个不停，爷爷又顺手将笆篓子和鱼丢进浅水里了。爷爷说这条细甲鱼的肉多又肥，我们一家人可以打一回好牙祭了。但是，我们不能把它杀死了，把它放回水里去。

为什么呀？我很吃惊。大半天了，才钓到一条石爬子鱼，这条大一点的细甲鱼又要放生，真奇怪！我问爷爷到底为了什么呀。

爷爷说：那条细甲鱼是母子，它肚子里怀了许多将要出生的孩子。所以，它拼命地唧唧唧地叫喊着，祈求我们不要杀了它，给孩子们一条生路。其实，他也不愿意把这条鱼放了，还不知道能不能钓到一条鱼公子呢。不过，只要有耐心，就会有机会的。

我问爷爷：那鱼公子会叫出声音吗？

爷爷说：那鱼公子和鱼母子叫出的声音是不同的。鱼公子是吱吱吱地叫，声音干脆有力，鱼母子叫声是唧唧唧的，声音柔和不坚硬。这好比唱山歌，女人唱出的山歌要比男人吼出的山歌优美动听呢！这时候，一根鱼竿突突突地摇摆了两下。爷爷顺势抓住了鱼竿往上一提，又钓了一条石爬子鱼。他把石爬子鱼放进笆篓子里的同时，抓出了那条母子细甲鱼，举在眼前对鱼说："我今天放你回去，是看在你肚子里孩子的面上，下一回就不一定放了你哈。"那条细甲鱼唧唧唧又叫了两声，一摇一摆地游走了。

我看在眼里，记在心里，至今，我没有忘记爷爷那种"耐心"和"坚持"及"好事多磨"的意志，更没有忘记他那种无私胸怀的理念。

四十多年了，当我在第二故乡安家立业，营造自己事业的时候，爷爷在世之时的那种坚韧不拔的精神，无声无息地鼓舞和鞭策着我一丝不苟地前行。

也许，爷爷是乡音乡情的代言人，或许是细甲鱼唧唧唧的声音传颂者。不然，我脑海里怎么会常常有鱼的声音呢？是思念，还是别的什么？我"荒民惠怀，最要也，甚以欣慰"……

拉练小记

雪从昨天就开始下了。

我们拉练队伍刚到巴夺寨，就迎来一场大雪，微微寒冷。雪花落在绿色军服上，眨眼就化了。山连山，地连地，白茫茫一片，树枝驮着雪花，弯腰弓背，活脱脱一个佝偻的白发老头一样。几个身穿麻布长衫的村人，在雪地上探路，脚踩上去咕咕的闷响。石砌平顶寨楼上，冒着淡淡炊烟。一座高高的碉楼，竖立在寨子的右上方，整个村寨像睡熟了一样，销声匿迹。

大约上午 10 点钟，四十多岁的何支书身边跟着一个姑娘，穿一身红色的长衫子衣服，脚穿一双绣花鞋儿，不言不语，一双大而圆的眼睛，好奇地盯着穿绿军服的战士们。何支书看着一笑，说：胡蝶，羡慕了？等你长高一点了，送你当解放军去哈。你现在给解放军叔叔安排吃住去。

胡蝶高兴极了，就把三个班的战士领到村委会去了。一楼会议室和二楼保管室，三个班的战士，由三个班的正副班长负责安排妥当后，各班便在顺河边挖掩体，砌灶煮饭去了。

我们队部只有四个人，即尹指导员、王文书、卫生员和我这个主管后勤的上士，都在胡蝶家里吃住。她的阿爸阿妈在生产队里劳动，早出晚归，忙得帽儿偏。

尹指导员是拉练部队的总指挥。他瘦个子，嘴含一颗金牙，身背一支五四式手枪。右手捏一支大公鸡香烟，边走边吸。我向他报告三个班的饭煮好了，没有菜下锅，怎么办呢？尹指导员说：大雪封山了，哪儿弄菜去？各班都带有罐头和花生米，凑合凑合吧。

胡蝶跑过来说：解放军叔叔，何支书已经安排好了，家家户户都动员了，等会儿就把鹿耳韭酸菜送来了，保管室里还有没种完的洋芋种子，也给你们部队背来，何支书还要给你们宰一只犏牛，犒劳战士们呢。

尹指导员着急了。他找到何支书解释，洋芋种子不能当菜吃了，种子是全社们的命根子，犏牛不能宰，留着社员们过春节。战士们用社员们送来的鹿耳韭酸菜下饭也不错了。再说，还有社员送来的圆根萝卜煮汤呢！

何支书身穿阴丹布长衫子，头包白布帕子，双腿打着布绑腿，腰间系一根飘带。她用汉语跟尹指导员交谈。她说洋芋种子是种剩下的，分给社员们做菜吃又不够分；至于宰犏牛，也不是专门给部队的，一条犏牛五百多斤，送给拉练部队子弟兵两百斤，分给社员们三百斤，大家不就都打牙祭了嘛。这冰天雪地，哪儿弄白菜青菜去？就用圆根萝卜炖牛肉吃吧。

尹指导员点燃一支大公鸡香烟叼嘴上，看着何支书，说她那种处事果敢的性格没变呢，当年在农牧局当科长时，办事认真果敢是出了名的。何支书说那是过去的事了，好汉不提当年勇。随后，何支书吩咐胡蝶割几斤半肥的牛肉，用圆根萝卜炖牛肉，用泡辣椒炒牛肉，把住在她家的四个人招待好，出了问题就扣工分，不然在社员大会上检讨。我说何书记，没有那么严重吧，胡蝶那么小能做什么？我们四个人都会做饭的，哪有当兵的不会做饭的。

胡蝶十四岁了，在解放前早当阿妈了。何支书说，农村姑娘懂事早，什么都会做的。

尹指导员说：做饭是小事，战士们是来向羌族人民学习历史文化、民风民俗的，还要学说羌族语言呢，不然，今后如何开展工作？

你们不会做"花达吸扁"。胡蝶说。

尹指导员听后一惊，便问胡蝶"花达吸扁"啥意思。胡蝶一笑，右脚尖儿踢着地上的雪，不好意思说出口。何支书便说：用面粉做的多层馍馍，好吃得很呢。

我赶紧用钢笔在日记本上记下了。这是羌族用土语说出的语言，也称"打话"。从此，我见到多层馍馍就可以称呼"花达吸扁"了。我很开心。我存心抽空多向胡蝶打听有关生活和劳动方面的羌语，也可以讨教其他羌民。尹指导员叫我们把羌族的"打话"用笔写下来，汉字写不起用拼音，每条羌语解释记清楚，拿回连队编成小册，干部战士都要学会和使用。

我们吃了饭，由何支书领路，在巴夺小学操场上集会，胡蝶高喊口号：向解放军学习！尹指导员叫王文书喊口号：向羌族人民学习！然后，何支书代表阿尔寨全体羌族人民致辞：欢迎解放军拉练部队光临指导！尹指导员代表全体指战员说：本次拉练是根据军分区指示，为锻炼部队的作战能力，选择冬季练兵，熟悉地形地貌，掌握民风民俗，为将来作战打基础。人民子弟兵感谢何支书和羌族人民的关心和支持！

接下来是跳沙朗舞。阿尔小学的操场很小，右边立着半边篮球架，仅供六个小学生打半场篮球的。操场上燃烧一堆篝火，男女老少拉着战士们的手，环篝火而列，且歌且舞且旋转，边跳边唱道：亲格嗦，英雄吔呐入格人。莫呀，亲格嗦……甩手摇肩，身体俯仰，脚步腾跃，扭屁股，舞风朴实粗犷。我跟着老乡跳了几圈舞，便由胡蝶带我去找释比（羌族历史文化传承人）摆龙门阵。

余释比身穿蓝布长衫子衣服，坐在火炕的上八位，吧嗒吧嗒吸兰花烟。胡蝶跟他一阵羌语打话，便把我当作客人也坐上八位。胡蝶叫我想问啥子就问啥子，余释比是上知天文下知地理，啥子都晓得。

呐喂八嗦。我向胡蝶表示感谢。

解放军叔叔，你会说羌语？胡蝶问。

我说在马登听何支书说的。我就打破砂锅问到底。她解释说别人帮忙办事得感谢呀。这时候，我说请教余释比"挑花刺绣"用羌语怎么说？他吸子一口烟，说"提提雀"。我又问那"独木梯"呢？

他说"得尔"。然后，他给我讲了"天神木比塔、地神、山神、树神、水神、火神、门神、灶神、角角神、白石神……"，总之，万物皆神，讲完了，还给我演唱羌族三坛经文中的唱段：

> 释比作法不离鼓，
> 鼓有公鼓和母鼓。
> 鼓声一响妖魔避，
> 鼓声一响神灵来。
> 鼓鸣草木无污秽，
> 鼓鸣山川皆洁净。
> ……

他演唱时没有羊皮鼓，就用手里的兰花烟杆儿，在板凳上敲打节奏。胡蝶是见惯不惊。我越听越兴奋，接连感谢道：呐喂八嗦，呐喂八嗦……

胡蝶坐在火炕下方。按照尔玛人的规律，她这种辈分的女子，只能坐在火炕的下方。她对我说还要什么吗？我说今天收获不小，本子上记满了，明天再来吧。

余释比说我拿的本子不够用。他可以唱三天三夜释比经文，要我拿二十个记录本来。我说我向尹指导员汇报以后，如果方便的话，把余释比请到部队去演讲，使官兵们了解尔玛人更多的历史和文化，以及民风民俗和生活方面的方言，为今后部队作战打下群众语言基础。不然，语言不通，怎么与尔玛人答话，怎么与尔玛人心灵相通，怎么与尔玛人结下军民鱼水情呢？

雪越下越大，密密层层的，好冷的风啊！胡蝶问我还有没有什么不清楚的。我没有办法回她问我的问题，心想，可能还有很多不清楚的东西，想想，一个民族几千年的历史文化和风俗习惯，一两个小时能了解全面吗？一两个月也不行吧。胡蝶问得轻松无知，我也硬是糊里糊涂的。

尹指导员和何支书在胡蝶家里火塘边烤火。火塘上方吊着一把黑不溜秋的烧水壶,水壶嘴冒着白色的开水雾气。尹指导员见到我便问:怎么样,有收获吗?我说:余释比能说唱三天三夜尔玛人的释比经文,可分上、中、下三坛,听不懂,也记不下来。只学了一点简单的,比如汉人说吃饭,尔玛人是"嘛吗齐洒";汉人说走路,尔玛人说"咯刹"。尹指导员说:今后,部队不管在什么时候、什么地方,都要认真学习当地少数民族的语言和风俗习惯,与当地老百姓打成一片。是呀,人民军队爱人民,军民团结一条心,试看天下谁能敌。

何支书表示,大力支持解放军官兵拉练,培养部队战斗力。拉练需要什么,只要生产队拿得出来,尽量满足部队需求。眼下,冰天雪地,连白菜、萝卜都被大雪埋盖了,只好吃洋芋和干菜,请官兵们谅解。

尹指导员说:拉练部队来到阿尔寨,就受到党支部和羌族人民欢迎。虽然,天老爷不给拉练部队面子,大雪覆盖了山川和道路,但羌族人民关心和支持子弟兵,从生产队拿出了剩下的洋芋种子给子弟兵做菜,鹿耳韭酸菜,还宰了一只犏牛,这些在部队都很难享受到的好东西,在羌族人民的阿尔寨享受到了。

胡蝶走到尹指导员跟前,问道:你是拉练部队里最大的官?你嘴里有颗黄色的金牙,我们这里的雪光照着闪亮,你背的是小枪,战士们背的是长枪。

尹指导员说:胡蝶姑娘观察生活还很细呢,长大了可以当侦察员了。

何支书说:"这些女娃娃长这么大了,还没进过县城呢,外面走进山沟的人,她们都感到新鲜,观察得也仔细。她们心里怎么想的,我是清楚的,看吧,日子总会好起来的。

吃了晚饭,尹指导员通知三个班的正副班长和队部的支书、卫生员和我开会,研究布置下一步行动方向,并以七〇五部队的名义将标语张贴在村子的墙上和石头上。行动的具体时间,只有正副班长知道。

我们四个人在胡蝶家煮饭，用的油盐及柴火，还有玉米面和各种菜，都要付钱和粮票的。为了不暴露拉练部队的行动时间和地点，我把粮票和钱圈成一个筒筒儿，不声不响地放在胡蝶家里的筷篓子里。随后，便给尹指导员汇报了。指导员要我在适当的时候，找机会给胡蝶说一声，多少斤粮票，多少块钱，都放进筷篓子里了，麻烦胡蝶取一下。如果不够的话，就让胡蝶说一声，部队会如实交给何支书补上。

第二天清早，天不明雾不散，大雪如筛糠一样，把整个龙溪沟封得严严实实的。为了不惊动老百姓"冬眠"，我们七〇五拉练部队整装出发了。奇怪的是派出去的三人侦察小分队报告说，往阿尔村去的方向，不知什么人踩出了一条路，最危险的地方还用木头打上了路标。

尹指导员问我：是不是无意中给胡蝶说了部队出发的时间？我说：我连粮票和钱放在筷篓子里的事都还没说，哪有机会跟她说部队出发时间呢？指导员一下明白了什么，他挎上了五四式手枪，带领我们一行几十人的拉练部队前行了。原来，我们驻营的地方是巴夺寨，从沟底往上爬是阿尔村，村子悬在岩顶上。我们爬了半小时，到达村子时，何支书带领几十个村民，为我们送行。我们的战士都感动了。一片漫阳坡的梯田，全被白雪覆盖，何支书为我们派了两名向导带路。从阿尔村，经直台到大门寨的路都被大雪封了，坡陡路悬很危险。这时候，意外的事情发生了。

胡蝶身穿红布衣服，跪在尹指导员面前，双手举着一个小布包，说：解放军叔叔，我要跟着你们去当解放军，这个还给你们。

大家都看着白雪覆盖的梯田里显现着一个小红点，像火炬一样闪动。尹指导员把胡蝶从雪地上拉起来，问她这布包里是什么东西。胡蝶说是在筷篓子里取出来的粮票和钱，她阿爸阿妈说不能收，要她退还给我们的。尹指导员说，在你们家吃住怎么可能不收。再说你才十四岁怎么去当兵？胡蝶说他们寨子余万斗的女儿才十四岁就当阿妈了，她已经长大了，她就是要去当解放军，说着闹着就咿呀咿呀哭起来了。

尹指导员托何支书把粮票和钱交给胡蝶的阿爸阿妈，说这是解放军铁的纪律、优良的传统。至于，胡蝶死活要跟着去当解放军，他虽然是政治指导员，但也没有那个权利让她参军。何支书叫尹指导员不要理睬。她把胡蝶从雪地上拉起来，批评道：一个女娃子家家的，躺在地上成啥样子？想当兵没错，再等几年满了十八岁，去县城武装部报名参军不就得了。尹指导员没有那个权利和义务招收新兵，你在这里丢人现眼闹什么闹？把解放军给的粮票和钱拿回去，不要让解放军违反纪律错误啊！

我们好不容易"摆脱"那个小红布点儿，顺着漫阳坡往直台方向前行。本来，我们要在直台住一晚上。中午到达以后，走进村子了解到，这里吃水困难，村人吃水全靠木桶背水过日子。种植作物，主要以胡豆、青稞和土豆为主。经济来源是进山挖虫草、贝母和草药，到县城或者乡上变卖后，换取盐巴、酱油和布匹，生活清苦，俗称"拉尿不生蛆"的地方。但这里的羌族人都穿麻布长衫子衣服，男人穿羊皮坎肩，双脚打麻布绑腿，脚穿窝窝鞋；女人头包白布帕，身穿阴丹布长衫子，腰系一根飘带，脚穿绣花鞋。这里的男女老少也许是因天高皇帝远的缘故，穿戴没有变，说话没有变，非常地道的原始语言（一口的羌话），外来人根本听不懂他们说什么。这里与巴夺寨和阿尔村完全不同，听不到一句汉语，看不到穿汉族衣服的。寨子建筑是清一色黄泥巴筑起的平顶房子，四角设有白石塔。好在被大雪覆盖了寨子，如果有太阳照着黄泥巴墙体，山风拂着黄泥巴灰尘，会像雾霾一样笼罩着寨子。

何支书派来的向导说，直台寨最要命的是没有水源，建议我们的拉练部队不能停留下来，应该向下一个目标前行。尹指导员觉得向导的建议没错。但是，部队拉练的目的是锻炼战士们的意志，培养一不怕苦二不怕死的革命精神，将来打仗是战无不胜的。不过，话又说回来，战士们行军一身汗，没有水怎么行。于是，他下令，战斗班和队部人员就地选好位置，挖好掩体，把雪装进铝锅里化水，准备野炊做饭，两小时后出发。

我带着各班抽出的战士，找生产队长余队长联系煮饭用的柴火。余队长二话不说，把自家院坝坎上的柴垛取给拉练部队煮饭，还把水缸的存水舀给部队淘米。我们要余队长用秤称柴火，按每斤柴火七分钱给付。他说直台村没有秤，只有保管室一架磅秤。柴火是从山上砍回来的，水是背回来的，都不用花钱。再说，人民子弟到直台也不容易，一点柴火算什么！

我把情况向尹指导员作了汇报。指导员按我的建议办理。我之前听说直台村的粮食主产是土豆和胡豆。那胡豆磨面吃是涩口的，哪能当主粮呢。我看见余队长家里有一个不大的男娃娃，长得乖巧极了。既然余队长舍得把柴火送给我们拉练部队，我就送一袋大米过去，让余队长的儿子打回牙祭。当我把大米送过去时，余队长的爱人收下了，并没有说一句推辞的话，而余队长站在旁边只是说：哎呀，这怎么要得呢，谢谢解放军哈。

我猜想余队长家里的确没有一两大米。我送的一袋大米，只有七斤重量，够他们食用两天。而我们拉练部队的每个战士都背有七斤重的米，四个手榴弹，一支半自动步枪，正副班长是冲锋枪，一把军用小铁锹，一个军用水壶。我把我背的米送给余队长后，减轻了我行军走路的负荷量。

我们行军大约一个半小时，就顺利到达了大门寨。这个寨子要比直台寨矮一点。大门寨建在刀背山梁子上，那晚风吹得呼啦呼啦叫，如扇耳光一样响声。这里向阳，没有积雪，晾在山梁上的寨楼，像人的脸蛋一样分明，站在寨楼上，能远眺古城东门口。

大门寨陈支书是个退伍军人，对我们拉练部队特别亲热。他把三个战斗班的战士们安排在村小学教室里驻扎（学校放寒假了），还在教室里烧了三盆木炭火，为战士们取暖。

尹指导员和我们三个人，住在陈支书家里。那天晚上，陈支书专门为我们办了一桌酒席，桌上摆着獐子肉、腊肉、香肠、花生、核桃、苹果和一壶散装白酒。一盆炭火，室内温暖如春。

我还没有见过这样的场面。陈支书举起酒杯说："尹指导员，三位兄弟，欢迎你们来大门寨做客，没有什么好招待的，喝两杯跟斗酒，暖暖身子。明天，大门寨为拉练部队宰只羊子，为战士们接风洗尘。

尹指导员跟陈支书碰了碰酒杯，劝说陈支书不要把生产队集体的羊宰了，他也是当过兵的人，部队说走就走了。再说，部队在巴夺村已打牙祭了，何支书为部队宰了一头牛。一路走来，受到当地羌族人民的支持和爱戴，使拉练部队的全体战士深受鼓舞。今后，按照阿坝军分区的部署，每年冬季拉练一次，提高部队的战斗力。他还顺便问了问行军路线。

陈支书说龙溪乡历史文化底蕴深厚，为古羌人冉駹部族的繁衍生息之地。唐朝时期，龙溪被称为霸州。北宋时期在东门口建城。我们拉练部队要经过那个地方。两千多年前，羌族人就以精湛的建筑艺术著称于世，他们的村寨都依山傍水，以石砌房，以索桥、栈道相连，筑为村寨，据险而建，靠险坚守，克险生存，十余家或数十家，相聚为邻。他说布兰村是羌族文化发源地。龙溪在早些时候，不叫龙溪，人称达拉括黑。

我听后心里热乎乎的，觉得一下长了许多知识一样。尹指导员对陈支书感激不尽。他说，到时候请陈支书到部队讲讲羌族历史文化，让战士们了解了解羌族人民的发展史。

陈支书说他不敢班门弄斧，他也是道听途说的。不过，他是土生土长的羌族人，会讲故事也会唱山歌，有机会一定给战士们讲的。

那天下午5点钟，尹指导员一声令下，紧急集合，不声不响，悄悄地离开了大门寨。

20世纪80年代，我已经转业到地方了。一次偶然，我在车站碰到胡蝶。她长高了也长胖了，穿一身花衣服，正准备上车。我喊了她一声。她惊讶地看着我不说话。我问她哪儿去？她好像不认识我，上车就走了。

说实话，那次拉练的收获，胡蝶在我心里是有烙印的。

岁 月

SUI YUE

RU GE

如 歌

梅花香自苦寒来

　　《羌族文学》创刊一百期了。遥望沧桑岁月，它走过的路，品尝的酸甜苦辣，是难以想象的。

　　我作为刊物的创始人，虽然退休多年了，但它好像是我身上的一块肉，所以始终把刊物放在心上。我倒不是担心现在的编辑办不好刊物。现在的主编是国家一级作家，副主编是副高职称，编辑都是大学中文系毕业的高材生，人才辈出，实力雄厚，早已超过我们那个年代的办刊思维和观念。

　　1981年创办的《文艺园地》，也就是现今《羌族文学》的前身。那时候，文化馆穷得叮当响，没有经费办刊物。我把业余写的诗歌、散文、小品、相声，张贴在文化馆大门口橱窗里展示。一时间，业余作者的积极性高起来了，来稿如牛毛。现在想起来，那时候的人，为什么不两眼向钱看和贪图享受呢？只要能发表作品，学到本事就再好不过了。就那么一个小小的橱窗，竟成了广大文学爱好者练笔的园地。那一年，还调动了远在漩口地区的文学爱好者的积极性，阿坝州水泥厂的向世茂和漩口中学的邓国志老师，将漩口地区的业余作者组织起来，成立了一个文学沙龙。他们每月两次集中讨论作品，制定写作计划和读书笔记，风雨无阻，任劳任怨，却没有一分报酬，也不知为何故，现在这种精神哪儿去找呢？恐怕打个灯笼火把也难找了。

　　由于业余作者踊跃投稿，1982年，《文艺园地》改为《羊角花》——一份手刻油印文艺刊物。也许，现代青年人不知道什么是手刻油印吧，我可以告诉你，那是20世纪80年代一种刻印文字的工具。一支铁笔，一块钢版，一张蜡纸。将一张透明的蜡纸铺在钢版上，用铁笔嚓嚓地刻着文字，然后，将刻好的蜡纸铺在油印机的网笆上，铺上新闻纸，调均匀油墨，手举油印滚筒，掌握力度轻重，慢慢地推拉，推一滚筒取一张油印好的文字，晾干后，装订成册，一本文学杂志就这样诞生了。虽然是一本油香四溢的土刊物，但它是用汗水和心血浇灌出来的。当业余作者看到自己的作品刊登在《羊角花》油印刊物上时，感动极了。随后，便在威州成立了文学沙龙，白理成、曾宪刚、罗子岚、刘剑、樊银品、祝勇、赵曦、李康元、何健等作者，经常坐在一起讨论作品，对作品提出修改意见，理县文化馆的作者苍林专程到《羊角花》编辑室，帮忙看稿子和修改稿子。可以说，一本小小的油印册子，调动了一大批文学爱好者的积极性。为了更好地培养作者，《羊角花》油印刊物编辑室举办了文学讲习班，二十多个业余作者参加，由阿坝师专赵曦讲小说创作，李康元讲诗歌写作，曾宪刚讲散文创作。那时候，从远处来参加讲习班的作者，自己背个干馍馍当午饭，近些的作者回家解决伙食，请的三位讲课老师也不例外，不像现在有工作午餐呢！

1983 年，《羊角花》为油印刊物，1985 年油印刊物《羊角花》改为铅印刊物《岷江文学》，1995 年《岷江文学》更改为《羌族文学》至今。由汶川县文联和县文化馆合办，每年两期，主编是县委宣传部的祝定超，我为常务副主编，编辑张力、曾宪刚、赵曦、李康元、何健、向世茂……《岷江文学》没有一分钱的印刷经费，一年两期，至少要五千元的印刷费，作者的稿酬另算。如何是好呢？由于《文艺园地》和手刻油印刊物《羊角花》的影响，加之在《四川民族》和《岷山报》发表过一些豆腐块文章，我在县上有一点小名气，县文联委派我去县政府要印刷经费。我这个人太老实了，没加多想便去了。谁知道王县长是一只铁公鸡，一毛不拔。他解释说县财政经费紧张，连工资都发不起，哪有经费印刊物呢，你们自己想办法吧。一句话就推掉了。我回来的路上便想：你县太爷读过书吗？你县太爷是羌族人吗？你县太爷……如果，马路上有一棵树，我会一头撞在树上的！

然而，我们面临这样的压力，并没有打退堂鼓，而是迎难而上。由我和祝定超、张力拉下一张脸，到各单位和企业厂矿筹资。我又去县政府办公室，详细说明创办刊物的理由，请王修海主任派一辆车，去各单位当高级讨口子。王主任非常理解我们办刊物的苦衷，二话不说，即派杨师傅开着小车，直杀到漩口地区。我们在求助的过程中，那些单位领导和企业厂矿的经理识大局，胸怀一种同情心理，鼎力相助《岷江文学》刊物，多出作品，出好作品，为社会主义培养人才。他们根据自己的实力，慷慨解囊。至此，《岷江文学》从死亡线上被拉了回来。

《岷江文学》第一期铅印创刊号在汶川县人民印刷厂印刷，封面为一座千年的古碉楼，六方轮廓，从地面遨向天空，美丽而壮观。它代表着古羌人能工巧匠的建筑史，也体现着羌族人民的地方特色。从此，汶川县告别了手刻油印刊物的历史。

1992年《岷江文学》第1期，特约作家阿来的短篇小说《灵魂衣裳》登榜首头条。随后，得到作家李中茂、傅恒、程宝林、张放、高旭凡、刘晓双他们的大力支持。为什么用这么多外地作家的作品？其目的只有一个，借助名家作品的写作技巧，从而提高当地羌民族作者的写作水平。

我苦心经营这块园地，主要是培养羌族作家，为他们搭桥铺路。从1986年起，前后举办各种文学讲习班达十三期，原《四川文学》主编、四川省作协副主席、著名作家意西泽仁，以及作家张放、诗人廖忆林，《星星诗刊》编审部邹家华、《上海文学》编审张重光、四川作协创联部诗人孙建军、《四川文学》副主编高虹和卓慧，原《草地》主编贾志刚等，他们对刊物和汶川的文学创作给予了极大的关心支持和厚爱。

1995年，太阳照在威州山上，汶川来了个谷县长。从此，《岷江文学》开始走鸿运了，便将《岷江文学》又更名为《羌族文学》，接着解决印刷经费，一年出刊三期。后来还增加到每年三万元，并纳入县财政预算。

1999 年 12 月，经四川省新闻出版局批准，《羌族文学》从 2000 年起改为季刊，每年出四期。这既是对《羌族文学》的认同，也是压力。2000 年，《羌族文学》举办文学创作笔会，邀请了省内部分作家和诗人参会讲课。那天，陈吉福县长讲话后，我向他汇报了《羌族文学》经新闻出版局批准改为季刊的情况，他当场就给《羌族文学》刊物增补一万元印刷经费，同样纳入县财政预算。这样，《羌族文学》就稳住了。

跨入 21 世纪，我退休了，我把《羌族文学》刊物交给了著名诗人杨国庆先生，由他继续发扬光大。现在《羌族文学》已经走过一百期了。本来，想多说几句苦行僧的话，但人老眼花，前言不搭后语，打住吧。但是小文已经凑合差不多了，起个什么名字呢？我想来想去，借用一句古诗"梅花香自苦寒来"吧。

羌族文学，如岷江般源远流长

羌族是一个历史悠久，文化古老的民族。诗云：龙来氏羌黄河头，征程漫漫几千秋。从中国历史看，古羌人便是中国历史文明源头——黄河流域古文化的主要开拓创造者之一，是华夏先民的重要组成部分。在中华民族数千年的历史进程中，羌族人民同祖国各族人民一道，共同为中华民族的缔造、文化的繁荣、民族的兴旺与富强做出了卓越的贡献。

羌族在古代是一个很大的民族。它不仅部落支系众多，而且分布地域也十分广阔。据文献记载：早在殷商时期，羌族已是一个在历史文化舞台上十分活跃的民族。三千多年以前，古代羌族人就分布在我国西北部的广大地域，过着原始氏族社会生活，他们以"依山居上，垒石为室，高者十余丈为邛笼"为生存形态，以及"垒石为碉而居"的骁勇善战的民族生活历史，已经成为一种文化的物化积淀。由于各种各样的原因，一支冉駹羌迁到四川的川西北岷江上游两岸繁衍生息，至今已发展到30余万人。

羌族没有文字。他们的历史文化全靠释比口授传承，一代一代继承开来。他们创作的书面文学作品，主要用汉文书写。

据有史记载，春秋时期，羌族就出现了一个驹支的诗人。他创作的《青蝇》是《诗经·小雅》中的一首诗，可称是羌族文学史最早的文人诗作，随后还创作了《国风》《黄鸟》，而《青蝇》诗作"营营青蝇，止于樊。岂弟君子，无信谗言。营营青蝇，止于棘。谗人罔极，交乱四国。营营青蝇，止于榛。谗人罔极，构我二人……"这首诗作是《白狼歌》的统称。诗人用嗡嗡乱叫的苍蝇作比喻，劝喻范宣子不要听信谗言，以维护和尊重晋国与姜氏戎之间已存在的友好关系。这反映了古代羌族人期望与中原人民团结互信、和睦相处的良好意愿。

东汉时期，在汶山郡以西古羌部落，便开始对祖国内地先进的文化、经济有了进一步的了解和发展。他们在与东汉王朝的交往中，少数古羌部落的首领，创作了《远夷乐德歌》《远夷慕德歌》《远夷怀德歌》等诗歌作品。这些诗歌作品，为后来羌族书面创作的繁荣，打下了良好的基础。

三国时期，古羌人中出现了一批文化程度较高的军事将领，如马腾、马超、姜炯、姜维等。他们不仅精通汉文书简，而且还能用汉文写作。如马超的《临没上皇帝书》、姜维的《表后主》《密书通后主》，以及无名氏的《姜女书简》等。其中，马超的《临没上皇帝书》，是最早的一篇古羌族人创作的散文作品。

历史有关古羌人尚武所作的《琅琊王歌辞》诗歌，是一种羌民族性格与时代风尚交相融铸的艺术产物。诗作曰："新买五尺刀，悬著中梁柱，一日三摩挲，剧于十五女。"可见，古代羌族人爱刀是一种生活习俗，尚武所作的"剧于十五女"，是与当时的社会战乱相连的，只有大刀才能抗击枉杀，只有大刀才能保护自己心爱的女人。后来，清朝诗人王士祯称誉《琅琊王歌辞》说："是快语，语有令人'骨腾肉飞者'，此类是也。"而在《汉魏六朝乐府文学史·北朝乐府》中，著者萧涤非先生对《琅琊王歌辞》诗作评价也颇高，说诗"不独情毫，拟亦语妙"。这是古羌人用汉文创作的五言诗歌，后来发展为七言诗作，其中以姚弋仲、姚苌、姚兴、姚泓、姚旻、姚嵩等羌族姚姓作者成就较大。

在一些评论家的评述中，元代羌族诗人余阙与著名作家马祖常和萨都剌处于同等重要位置，在《元诗体要》《元诗选》诗集中，均录有余阙的诗作《吕公亭》《秋兴亭》二首，他还有散文、记叙文问世，以叙友情、述交往、赞美德，于塑造形象、刻画人物性格方面多注笔墨，是羌族文学创作集大成者。还有张雄飞、昂吉等杰出诗人的佳作。

昂吉的诗作，以状景写物的闲适之趣，语言清新洗练，诗歌语言润泽华采，音韵宛转悠扬，故有爽朗明快的艺术风格，比如："玉山草堂花满烟，青春张乐宴群贤。美人踏舞艳于月，学士赋诗清比泉。人物已同禽鸟乐，衣冠关入画图传。兰亭胜事不可见，赖有此会如当年。"此诗描绘美女宴舞的热闹场景，抒发乐融融的气氛。还有："春塘水生摇绿漪，塘上垂杨长短丝。美人荡桨唱流水，飞花如雪啼黄鹂。"这首诗歌以"绿"字为主线，赞美江南之春，万物皆在绿色之中，有美女荡桨，点缀如雪的飞絮，加上柳枝上的鸟鸣，动中有静，交织出春意盎然的动人画面。所以，称昂吉是用汉文创作诗歌集大成者。

"均台幸福口头绊，呼呈时闻实可怜，常制推翻偿凤愿，未知何日乐尧天。"此诗出自清朝绵池羌族诗人高体全之手，表达了诗人对当时的社会政治失望和不满，虽然落笔不多，但却反映了当时羌民们的共同声怨。

清朝羌族大诗人董湘琴，从小熟读唐诗三百首，宋词元曲每日也不离手。他读书刻苦考取贡生，被朝廷委派到松潘县任职。他从灌县（今都江堰）步行到松潘县。一路上，他见景生情，以独到的眼光，创作了长达万言的记游长诗《松游小唱》。

嘉庆年间，汶川县羌族聚集区绵池，出了高万选、高万昆、高吉安、高辉光，高辉斗五兄弟诗人。他们的共同特点是立足于故乡的土地，彩绘山川，唱吟古迹，诗风淳朴，笔力遒劲。如高万选的诗歌："势极龙山一气通，山形纽折石穹隆。香传蕙苡王孙草，瑞霭流星圣母宫。古道儿湾留野妆，危江一带锁长虹。羌人指点刳儿坪，隐约朝霞暮雾中。"诗人仿佛写了一幅浓淡的水粉画，形象地描绘出石纽山的自然风光和人文古迹，构思奇特，笔墨流畅。不仅写出了刳儿坪朝云暮雾的景观，还把羌族人民敬畏大禹之情，表现得淋漓尽致。高万选不仅熟悉当地生活，更尊重自己的创作风格，在他的笔下，写出了羌家人的味道。

清朝文坛上的羌族重要作家赵万喜，汶川县雁门月里村人，出身书香门第，其高、曾祖父均为当地名儒。他自幼颖悟，熟读诗书，博学能文，擅长书法，在当地羌民中称他为文坛秀士。他创作的诗词和散文作品内容，可分为三类：一类是抒怨愤世的自遣诗，鞭挞封建科举制度的虚伪和社会腐败；二是寄情山水的写景诗，写遍川西北岷江上游的人文景观，其见景生情的写作形象生动，意境幽雅，语言清新，构思新奇；三是与朋友的应酬诗，以写情为主线，反映羌人诗人的家境状况，与友人之间的真挚情意，情绪跌宕、意味深长。同时，他还创作了散文作品《月里庙宇》和《重建索桥外三圣宫庙宇碑序》，文中写道："当始之时，其他四面虽山，而高凸凹，颇有形势；上有美女看船，下有龙墩塞雁，兴龙磨月，背岭添光，前霄鱼潭走马，古号万载江山。况又黑在右，黄泥在左，泉源溪水，合塘入河，磨沟旋转，乾坤不停，其间葡萄满架，一碗千金，尔时之突兀峥嵘，蜿蜒绵亘，无不壮丽……"这一字一句的勾勒，亮丽的风景，千姿百态；缤纷的色彩，隽永传神。古朴的风韵，厚重的内力，展示了古代羌族地方的壮丽山河，可以说，这篇散文是清朝古羌文学的代表作。

1951 年，阿坝州解放了，羌族人民见到了曙光。

羌族人民在党的少数民族政策的光辉照耀下，政治、经济和文化艺术都如芝麻开花——节节高。1981 年，羌族作家朱大录创作的《羌寨椒林》荣获首届全国少数民族文学奖散文奖。这是中华人民共和国成立后第一位羌族散文作家的作品。

1982 年，汶川县文化馆创办手刻油印文学刊物《羊角花》。1984 年成立汶川县文学艺术界联合会，下设文学协会、民间文学协会、舞蹈协会、音乐协会、摄影协会、书法美术协会，涌现出藏羌回汉文艺工作者 100 余人。由于建立了县文联，1985 年将手刻油印《羊角花》更名为铅印刊物《岷江文学》。后来，随着改革开放的大好局面，2000 年将《羌族文学》改为季刊至今，培养了一大批羌族作家和诗人。羌族人用汉字写作文学艺术作品，自古以来源远流长，所以，羌族人从事文学写作是有基因的。

1985年，羌族作家谷运龙的中篇小说《飘逝的花瓣》荣获第二届全国少数民族文学奖后，又接连不断地创作了《顺哥》《漆克子》《爷爷》《故乡新叶》《河里的欢笑》《南行纪事》《家有半坑破烂鞋》《淘金》《滚上山的石头》《第十任厂长》《别了——那小白脸》《苦涩的梦》《爱的拼搏》《老辣子》等小说和散文，先后出版《谷运龙散文选》和散文集《我的岷江》《天堂九寨》《花开汶川》《平凡："5·12"汶川大地震百日记》等。他的长篇小说《灿若桃花》由人民文学出版社出版发行，并由中国作家协会和四川省作家协会在北京举办作品讨论会，赢得了文学评论家的高度赞扬。著名作家阿来说："在这样一个颇具规模的少数民族自我书写与表达的潮流中，谷运龙的写作，他的身份，而且把这个身份所经历与关涉的东西，带入写作，从而使作品有了一种特别的角度。"该著作后来荣获四川省文学奖。他是领导，是作家，他还是一位培养造就藏羌作家的力推人。

羌族诗人羊子（杨国庆），文学创作一级，享受国务院政府特殊津贴。20世纪90年代，他创作的歌词《神奇的九寨》唱响大江南北，随后出版发行长诗《汶川羌》《一只凤凰飞起来》《静静巍峨》《汶川年代：生长在昆仑》，长篇小说《血祭》，散文集《最后一山冰川》《岷山滋养：一个真实的汶川》，评论集《从遥远中走来》等。随之，他的《神奇的九寨》入选义务教育课程标准实验教科书《音乐》七年级第十四册；《中国西部散文选》《新中国成立60周年少数民族文学作品选：诗歌卷》《中国少数民族文学年度选2011：诗歌卷》《四川读本》……

2010年5月，羊子以中国作家的身份出访美国，参加爱荷华大学以"国际写作计划以生命与探索"为主题的中美文化交流。同年7月，又参加中国作家协会组织在美国爱荷华大学国际写作设计、中国云南昆明以"生命的探索"为主题的中美文化及文学创作交流活动。同行土家族著名作家彭学明评论说"无论在爱荷华，还是在美国国务院，羊子都献羌红，赠羌绣。他心里装着他的民族，时刻想着他的民族，为他这个民族宣传，为他这个民族呼吁，为这个民族贡献"。其作品先后荣获四川省少数民族文学奖、四川省作协茅台杯人民文学奖、四川省"五个一工程"奖、鲁迅文学奖入围奖。

70 后羌族女诗人雷子（雷耀琼），系中国作协会员、中国少数民族作家学会会员、四川省作协主席团成员、阿坝州作协副主席、鲁迅文学院第二十二期学员。自 80 年代末开始文学创作，先后在《诗刊》《星星诗刊》《民族文学》《四川文学》《草地》《文艺报》发表诗歌、散文、报告文学五十余万字，部分作品被译为英文、日文等，以及朝鲜文、藏文、维吾尔文、哈萨克文等少数民族文字，其诗集《雪灼》荣获第九届全国少数民族文学骏马奖，部分文学作品被中国文学馆收藏。

著名诗人贾志刚评论说：雷子人如其文，文如其心，心若其境，折射出生活的态度，人品的修养，理想抱负，精神气质。

改革开放四十年，羌族地区的文学创作，不但有瞩目文坛的三驾马车，还涌现出羌族作家群。如余耀明的诗歌《羊皮鼓》荣获"中国杯"全国青年诗歌大奖赛佳作奖；何健的诗歌《山野的呼唤》《羌民篇》均刊登在《诗刊》《诗潮》，同时《山野的呼唤》被收入人民文学出版社出版的《1986 年诗选》，并荣获四川省少数民族文学奖；叶星光的小说集《神山、神树、神林》1994 年 9 月荣获路遥文学奖，由他编剧的《红色土司》电视剧已经杀青；张力的长篇报告文学集《飘飞的羌红》由中国文联出版社发行。此书主要描写"5·12"汶川特大地震中感人至深的亲情故事和奋斗不息的精神。该书出版后，赢得了广大读者的好评，并荣获四川省少数民族文学奖。还有梦非、王明军、董税、王国栋、罗子岚等，他们都取得了创作的好成绩，现在，正在路上。

值得关注的是羌族作家顺定强的文学耕耘。他是鲁迅文学院第九期作家班学员。由上海文化出版社推出他创作的长篇小说《雪线》。作品源于生活又高于生活，以饱满的热情，运用优美的语言，讴歌藏族人民的生存价值观。他还创作了散文集《相约阿曲河》《神奇的莲宝叶则》。其报告文学《抗争百年顽疾》被中国作家协会列为 2016 年少数民族文学重点奖励扶持作品，2017 年又被四川省作家协会评为文学扶贫"万千百十"活动优秀作品；《五十年辛苦不寻常　五十年成果倍芬芳》获四川省党员教育"四个一"工程优秀作品奖，散文《妹妹》入选中国教师散文选《红烛》；电视纪录片《迎接朝阳》和《邓登的希望》分别荣获四川省广播电视创优节目"四川省人民政府奖一等奖"。

不难看出，羌族地区的羌族文学创作，是在党的文艺思想光辉照耀下，如源远流长的岷江，将会引起世界文坛的瞩目。

他是羌家婿，还是一位文艺战士

祝定超先生走了。

我得知这个消息，是 2018 年 4 月 26 日傍晚。当时，我们在马路上散步，同住小区艾武老师的老伴说祝定超同志去世了。我一惊！便问她是什么时候。她说都好几天了，艾老师代表老协二支部去看望了。我没再往下问，心里记起，我有时候碰见他和老伴徐老师在街上散步，冬天，头戴一顶布帽子，热天，戴一顶白色的草帽。我看着他皮包骨头的身体，便问他可好。他爽快地笑着说：吃饭拿钱，死了就算了。没想到，他这回真的离开了人世。由于信息闭塞，我们这些文友也没送他一程，遗憾。

我认识祝定超先生是 80 年代中期。那时候，我在县文化馆创办了一个《羊角花》手刻油印文艺刊物，每当刊物装订成册后，就要给县委县政府各部门送样书，以得到各级领导的关心和支持，就在这个过程中，结识了喜笑颜开的祝定超先生。当时，他是县委宣传部的秘书兼新闻干事，既写文件和工作简报还写豆腐块新闻稿件，一天到晚有忙不完的事情。红头文件发放各个单位，新闻稿件投送到《岷山报》和《四川农民报》发表。如果有特大新闻素材，他便亲临现场采访，加班加点写出来，将稿子寄往福建电视台播放。他对我说："羌族人民在党的民族政策光辉照耀下，他们的生活像芝麻开花——节节高了，作为新闻工作者，理应把他们宣传出去，让外界人知道那支古老的羌族人民仍然活得比任何时候都快乐。"我很感动。那时候，我刚从部队转业到地方从事群众文化辅导工作，对当地羌民族的历史文化和现状还不甚了解。但是，通过与他经常接触和交往，我知道了不少有关羌民族历史文化的东西。他既是一个温厚、宽广的文艺爱好者，又是一个幽默不失童趣的好友，为人真诚、谦和，处事贤达、智慧，令人深感可亲、可爱、可敬。

1933年11月17日，祝定超出生于四川省丹棱县杨场乡一个农民家庭，父母亲是地道的农民。他小时上过私塾，随后在丹棱县中学读一年级时，被乡农会保送到西南华大成都分校就读。1952年，他响应党的号召，支援少数民族边区建设，年仅十九岁的他走进了汶川县，被分配到汶川县银行工作。1959年，他与当地羌族姑娘徐秀茹喜结良缘，成了羌家女婿。由于他爱好读书，喜欢写文章，后来，被调到汶川县委宣传部，从事新闻和秘书工作。他在工作之余，搜集了大量的羌族民间故事和歌谣，特别注重采集人文景观和历史文化方面的资料，写出了《溜溜坡、盘盘路》散文作品，有顺境，有逆境，有欢乐，有苦难……既写出了羌族人民为了生活，长年累月在溜溜坡、盘盘路上爬行，也写出了祝定超先生脚穿草鞋或布鞋，在溜溜坡、盘盘路上，走遍了羌家万户，体验羌族人民的生活、历史文化和民俗。虽然"溜溜坡、盘盘路"是个平凡的名字，但它是羌族人民为了生存，用双脚踩出来的一条生命通道。

1988年，汶川县委宣传部部长兼县文联主席竺世芳调阿坝州委宣传部任副部长。根据中国文联有关人事安排精神，由中共汶川县委组织部行文，祝定超同志担任汶川县文联主席。当年，《羊角花》手刻油印刊物改为《岷江文学》铅印刊物，由县文联和县文化馆联合主办。祝定超先生任主编。

新官上任三把火。当时，县文联每个月只有一千五百元的办公费用，印一期《岷江文学》铅印刊物印刷费一千七百元。怎么办呢？面对这样一个头痛的困难，祝主编没有退缩。他与文联的其他人员一起商量解决办法。他说，《岷江文学》刊物地处羌族地区，是羌族人民的刊物，办好刊物，培养羌族文学人才，是文联的职责。其一，如果利用《岷江文学》这个园地，培养出一两个羌族作家或诗人，再苦再累也值得；其二，由他带领文联的秘书长和常务副主席，去县境内行政事业单位化缘，凑足经费，争取把铅印刊物印出来；其三，第一期《岷江文学》刊物，封面封底一定要有羌民族的特色，内文作品要有质量，因为刊物代表了汶川县，也是汶川县委、县政府的脸面。想不到，祝主席是站在一个民族文学艺术事业的高度认识问题的。他说：成长是每一个民族、每一个社会、每一个人的共同课题。人的知识、经验、能力都不是先天的，前进道路上遭遇曲折、挫折在所难免，关键是要挺过去，不要被困难吓倒。这一观点，恰恰体现在祝主席的散文"溜溜坡、盘盘路"中。

《岷江文学》第一期出刊了，封面为羌族有四百多年历史的古碉楼，六方轮廓，雄伟壮观，古香古色，充分展现了羌民族的建筑艺术特色。刊物送到县委、县政府各部门，受到领导和读者的好评。当时，县文联下属文学协会、舞蹈协会、音乐协会、摄影协会、书法美术协会、民间文学协会。为了培养各协会的文学艺术人才，促使各协会业务的开展，祝定超主席带领文联的几位同志，奔赴漩口阿坝州水泥厂，举办摄影培训班。从光圈大小、速度快慢、采光冲洗胶卷、印相片等，手把手地教授，凡参加培训班的男女青年爱好者，无不高兴。这期间，他还带领文联的同志，步行三公里路去汶川县电冶厂，看望诗歌作者雷耀琼（雷子）。当时，耀琼还是个十六七岁的小女孩，住在电冶厂四楼（记不清了）一间上下铺的小房间里，冬天冷，夏天热，生活条件艰苦。祝定超主席看在眼里，急在心里，但他没有办法为业余作者创造良好的写作条件，只是再三鼓励她好好上班，多读书，好好创作，多出作品，出好作品……从现在看来，耀琼没有忘记当年祝定超主席的教导，她现今已经是一位著名的羌族诗人了。

1989 年，《岷江文学》出刊一期彩印。当时没有一分钱的印刷费。祝定超主席与文联的张力秘书长、曾宪刚、陈晓华和我，坐班车来到漩口白花阿坝州电解锰厂化缘。前提是宣传阿坝州州属企业，撰写报告文学。江厂长是知识分子出身的，懂得从事文学艺术事业工作的苦衷。他热情接待了祝定超主席一行五人，还慷慨解囊赞助了《岷江文学》印刷费用。这一期是在四川省彩印厂印刷的。恰巧，汶川县正准备打造龙溪沟旅游景点。祝定超主席要求《岷江文学》刊物配合宣传，便将城建局司京陵拍摄的龙溪高山湖泊作为刊物封面封底。刊物印刷得非常精致，可以说是汶川县有史以来第一本彩色印刷的文学杂志。

万物生长靠太阳。荷花好看还要绿叶扶持。当年，《岷江文学》诗歌编辑何健，是一位羌族诗人，他的作品起点高，组诗曾刊登在《诗刊》《诗潮》《星星诗刊》等大刊物。祝定超主席把羌族诗人何健当成宝贝疙瘩，凡是他有什么困难都要去关心和问候。一次，由于何健经常为《岷江文学》修改业余作者的诗歌，加之自己的诗歌创作，往往劳作到深更半夜，早上不能按时起床上班，引起单位领导的不满，说他不务正业。于是，祝定超主席和我便去阿坝州驻汶川县的进修学校，找到党委书记和校长，为羌族诗人何健排忧解难。谁知道，诗人何健已然看破红尘，一气之下，丢下那支可爱的笔，调往外地工作去了。祝定超主席和我唉声叹气，心疼之极。有什么办法呢？诗人有诗人的个性和胆量，哪怕一块蒙尘的金子，丢到哪个旮旯里也会闪亮发光。不是吗？他后来成为成都某公司的老总。俗话说：东方不亮西方亮。

1991年，祝定超主席和我联合撰写了一部七集电视艺术片《羌族》脚本，主要反映了羌族的历史文化和民风民俗，以及其在党和政府少数民族政策的光辉照耀下，羌民族过上了幸福美满的生活。脚本被阿坝州电视台看中后，经过专家讨论和审查，几易其稿，并与重庆电视台合作拍摄录制，先后在四川电视台和中央电视台播放，荣获四川省电视厅一等奖，四川省少数民族文艺基金最佳奖，文化部、广电部、中国文联和国家民委"骏马杯"奖。在成都领奖回来的路上，他对我说："唉呀，搞个东西出来像十月怀胎，生个孩子出来不容易啊。"我说容易不成果，成果不容易。从那以后，祝定超主席笔耕不断，先后创作散文《绿荫》《乡音》《羌乡夜雨》《溜溜坡、盘盘路》等五十多篇作品，先后在《草地》《四川日报》《四川农民报》《民族》杂志等报刊发表。在他的笔下，有动听的羌族民间传说，有悠扬的羌族情歌，有七盘古道、雁门晴雪、玉垒浮云、布瓦群碉楼、美丽的九顶山、三国姜维筑姜维城等名胜古迹，还有羌族姑娘用一根五彩丝线刺绣出来的"云云鞋"和"烟荷包"……真情实意跃然纸上。

跨入 21 世纪，祝定超主席退休了。但他仍然在创作散文作品。他把发表在刊物和报纸副刊上的散文作品集中起来，认真仔细地打磨一遍，以《羌乡漫步》为书名，交由中国文联出版社出版发行。此书是其以羌族生活为题材的第一部散文作品。

著名老作家高缨在序言中写道："溜溜坡，盘盘路，羌家人，云中住。这首苍凉而深情的谣曲，贯穿了祝定超大半生的年华，也弥漫于他这本散文集的字里行间，或抒情，或记事，或描绘，或歌吟，写了羌族人民的生活、历史、民俗。在当前的文学作品中，反映羌族生活是很少见的。仅从这一点说，这本散文集是有一定贡献和特色的。"

祝定超主席是羌族人的女婿，也是一个文艺战士。他一生中踏遍了羌家的千山万水，滚了一身身黄泥巴，咽了一辈子洋芋糍粑，那羌家的烧酒早已融入他的血脉之中。

如今，斯人已逝去，但他给后人留下了不少文学作品，他也获得了永生长存。

神刻在树上的文字

我不相信神会在树上刻文字。

我只相信树相守着大地和群山。因叶子是树的灵魂，叶子知树，树懂叶子，树全靠叶子活着，就像人执着信仰活着一样。

汪博斯基说：凡是为尔玛人造福的人，他们都称呼为神，如尔玛人用白石头打败戈基人，他们就认定白石头为神一样。

那天是 5 月 6 日，汪博斯基要和我一起上山，去干什么？他不告诉我。只吩咐我备下毛衣和雨衣，带干粮，背水壶，不能穿皮鞋，只能穿胶鞋。他胸前挎一架理光长焦距照相机，背一个黄色布包，就和我一同出发了。

汪博斯基是地道的本地人。他走到哪儿就和当地人打话：嘛吗哜洒了（吃饭了吗）？对方就回答道：格煞（吃了）。然后，互相亲热地摆几句家常话，熟悉的人，就相互抽支香烟或喝杯热茶，再请进家里煮香肠招待。

我们来到板桥村。汪博斯基见一老头便问道：嘛吗哜洒了？老头慢条斯理地说：格煞。他们两人用打话交流一会儿，老头从屋里背一个黑色布包出来，给我们进山当向导。一路上，从他的言谈里方知他是一个释比老艺人，能说会唱，懂得他们的民族史，了解当地的自然景观。当年，他阿爸当过板桥村苏维埃主席、农会主席、互助组长、生产队长，一路走来，滔滔不绝……这时候，走进树林子却没有路可走了。汪博斯基问老头：嫪矮，前面全是树林，难道没有放牛娃来过？释比老头嫪矮说：当年，神从这里上山打白狗子，千军万马踩出了一条路。神兵走后，当地村民也进山割牛草和砍柴。

后来，退耕还林，把山封了，路就荒废了。不过，当年神兵踩出来的那条路，我还记得一点大概的谱子，刀砍的旧树桩桩还在，有路标。

嫚矮在前面用弯刀砍树枝丫。我和汪博斯基跟着往刺笼笼里钻。嫚矮说：当年，神从这里爬上山顶，驻扎在山梁上，架着大大小小的帐篷，有站岗放哨的，有烧火煮饭的，还有唱歌打快板的……这些故事都是他阿爸讲的。当时，他才穿着封裆裤。

汪博斯基问嫚矮：那神在山上驻扎了几天，和白狗子打仗了，后来，神去哪儿了？

嫚矮说：山上风平浪静，白狗子还没来得及上山，山就被神给占领了，一枪没有放。山顶上能俯瞰威州全景。后来，神从梦笔山走了。

我不明白汪博斯基和嫚矮称呼的神是人，还是白石头？如果是人为何称呼神呢？

嫚矮说：凡是为拯救一个民族的人，这个民族就信奉他为神，把他像供奉白石头一样，供奉在神龛上，过年过节烧香敬供品。

我是局外人（才从部队转业到地方工作，对当地的民风民俗一窍不通），他们讲的故事啥都新鲜，百听不厌。其实，汪博斯基和嫚矮是一个意思，谁拯救了国家和人民，谁就是这个民族的神。看得出，汪博斯基和释比嫚矮是同一民族的。他们受益了神的恩惠，所以念念不忘神的恩情。当然，我也不例外，全国五十六个民族都不例外。

嫚矮还说：当年，板桥关驻扎着白狗子川敌"三路军"第五团。团长杨显铭驰援二路军陶凯，企图阻止中国工农红军向成都方向发展。

徐总指挥为了红四方面军安全渡过岷江河，便在板桥村（隔板桥沟与板桥关相对）至山顶部署了大量兵力。白天，官兵们穿着尔玛人的麻布衫子，背上背着弯刀，肩上扛着绳子，假装上山砍柴，以便侦察敌情。

六月初三，敌军杨团长派一个营的兵力攻打板桥村，纵火烧民房时，当即遭到红军反击，保护了尔玛人的住房。增援的敌机飞来轰炸红军阵地，而红军早就进山林里隐蔽了。敌机投弹因无任何联系信号，误炸了他们自己人。红军趁敌人混乱之时，从板桥沟迂回冲出一部分兵力，占领了板桥关，截断了敌人退路。红军将敌人三面包围在板桥沟里的大核桃树下，从下午5时激战到7时左右，打得一个营的残兵败将屁滚尿流地逃跑了。

嫪矮说：见没有了枪炮声，那些胆战心惊的雀雀鸟鸟和老鸦又飞回来了，在树枝上看着板桥沟就叫：呱……呱呱……米桂阳、米桂阳……

板桥沟地形险要，两边都是崇山峻岭，悬崖峭壁，犹如斧劈刀切，沟深谷窄，两边的山呈马鞍形，相邻山头的红军战士和敌军哨兵夜间可以对话。敌军为了把守板桥关，在各隘口的树林里和杂草丛中，绷着挂有响铃的铁丝网，要道处安置着六角钉和用毒药煮过的弩箭，只要被弩箭射中，就无可救药了。红军进驻板桥沟的时候，当地老百姓看见红军战士攻打无恶不作的敌军，就悄悄告诉红军：敌军埋伏有弩箭和绷着有响铃的铁丝网，啊窄窄，红军战士就是不信邪，偏偏在伸手不见五指的黑夜，把敌人的铁丝网上的响铃取了，把弩箭也拆散了，箭是箭，弓是弓……啊窄窄，那敌人晓得啰，架起机枪朝着红军占领的对面山梁子，就死不死的扫射，枪声如筛核桃一样，嗑嗑嗑……敌军李家钰部又用金钱收买了一批思想极端反动的家伙组织敢死队，每个人给十个现大洋，在群众里搞反宣传，什么红军有六眼，黄头发，绿眼睛，一天要吃一副人肝子，等等。当地村民耳听为虚，眼见为实，不相信那种虚假宣传。红军部队在村民的帮助下，夜半三更掩护红军顺利渡过了岷江。当时，村里的余关寿、朱三三、毕开发跟着参加红军走了。1958年5月，朱三三回来过一次板桥沟，身边还带着两个警卫员，看样子是个大官。

汪博斯基问嫪矮，那余关寿和毕开发没回来过？嫪矮说没有见到人影儿，可能日塌了。

太阳落山边了，我们才爬到山腰上。汪博斯基把背上的布包卸下来，连同理光照相机放在地上，看着山腰上的树木，说：找窝大点的松树，根部要有土坪的，今晚上，就在树下露宿了。各人把雨衣打开铺地上，免得受潮湿。

我这才明白汪博斯基要我带上那些东西的用意，原来是要在山上过夜呢。嫂矮和汪博斯基找到一棵大松树，枝叶张开着如一把大伞，树下是一块平地，上面堆积着厚厚的一层松针，脚踩上去如铺着的地毯；松树旁边有一条弯弯曲曲的山泉，流水叮咚……凡是有水的地方，无论有无人，它的存在，皆是活泼的延续。汪博斯基吩咐嫂矮搭灶煮晚饭。我和他去树林里捡柴火，树林里多的是陈年腐朽的干柴。我们将捡来的柴火堆积在松树旁，有丫丫柴，也有碗口粗的大柴。汪博斯基说：多捡点柴火，晚上天冷呢，在地上烧一堆篝火取暖，还可避邪，那野兽见火光就不敢来袭了。然后，汪博斯基把雨衣铺在松针上，我的雨衣留着晚上当被盖又挡风还遮露水。没想到，两件雨衣，竟起到了那么大的作用。

嫂矮在松树旁用三个石头砌起一个灶。他在黑色布包里取出一块腊猪油，用砍柴刀切成小块，丢进钢筋锅里，把锅放在三个石头上，打燃火机，点燃丫丫柴，用汤瓢当锅铲用，在钢筋锅里熬油，一股股香味飘起来了，好像整个空气都是香的。他端起钢筋锅去沟里面舀水。我看见水面上飘起一层黑壳虫子，证明水里无毒。我觉得这是一条野外生存的经验。水烧开了，他顺手在树林里扯来鹿耳韭野菜，在水沟里拖两拖，抖两抖，掐断根，丢进钢精锅里，用汤瓢搅两搅，撒点盐巴，便说干得了，干得了。

汪博斯基从口袋里取出一个荞面馍，我从布包里取出一个馒头，嫂矮拿出一个黄灿灿的苞谷馍馍。我们三个人各自随手掰两根树条子做双筷子，围着钢精锅，用筷子捞着鹿耳韭野菜，啃一口干馍馍，用汤瓢轮流喝口汤，那香味真是不摆了。

神从这儿路过的时候，没有我们今天吃的好，嫂矮说：神都是吃的野菜面汤，还没有一丁点儿盐巴和油花。人不吃盐巴浑身都没劲呢，但他们号声一响就冲上去了！

汪博斯基说：他们都是有信仰的神。

我没有发表言论的底气，什么都不懂，只能听他们的所见所闻。但我长了很多知识。尤其是他们用尔玛语打话，虽然我变成了木头人，过后，汪博斯基就给我解释，我就明白了。

我们三个人吃完了馍馍，喝完了野菜汤，便围坐在一堆篝火边，张开双手烤火取暖。这时候，月亮已经挂在中天，洒下的光亮透过高高的松树、杉树、白桦树，满地是星星点点，夜风习习，拂着篝火一闪一闪，树林里不时有猫头鹰的叫声，咕、咕咕……使人毛骨悚然。嫘矮往篝火里加柴，将捡来的树疙瘩架在火堆里一直烧到天亮，一是壮胆，二是火旺能避邪；还可以抗湿气，防止野兽袭击。他用捡来的粗木柴做枕头，半靠半坐背朝树干，眯着眼睛睡着了，不文明地放出一串响屁……

我和汪博斯基合身躺在铺好的松针上，身上盖一件雨衣，默默地望着眨着眼睛的星空。几乎快要入睡了，蒙眬中感觉到有人给我盖雨衣，仿佛听见汪博斯基说：老林里的温度与城里的温度不一样，一个瘦弱的身体经不起吹打，冻病了发热了咋办？天亮还得继续爬山呢，说不定还要帮忙在树干上拓片的，释比嫘矮不是说'神在树干上刻着文字'吗？那可是无价之宝呢！我们别小看嫘矮老头子，他可是一位老布尔什维克后代呢，党龄恐怕有五十多年了吧。哎呀，睡吧，我也困了……

我们躺在树的怀抱里，天上的星星照着，微微的白云在我们头顶上流着，风轻轻地吹，篝火送着温暖，睡梦拉着我们走了。

布谷、布谷……一只布谷鸟的叫声把我惊醒。我翻身坐起来，一件雨衣全盖在我身上。汪博斯基合身蜷着睡的，那模样是他把雨衣给我全盖着了，而他自己冷了一通夜呢。我赶紧把雨衣给他盖上。他却醒了说：不冷，没事……

嫘矮早醒了，并且把鹿耳韭野菜汤煮好了，只等我和汪博斯基啃干馍馍、喝野菜汤了。我们在水沟边胡乱地洗了一把脸，就啃干馍馍喝汤去了。这时候，朝霞的光波洒进树林里，晨雾升起如一层白帐，那林子里的树干一根一根的，粗细不等，高矮不齐。心不动，树不动，心动了，那树叶摇摆不停地，好像向人招手，又好像向人致敬。难怪说，叶子是树的灵魂。那些没有了叶子的树，都干枯死去了，好像鱼儿离不了水一样。

我们三个人啃完干馍馍，喝完鹿耳韭野菜汤，收拾好了行李，正准备启程上山，突然，不知什么情况，树林里噼里啪啦一阵响，哦咻哦咻地欢呼着……嫪矮看见此情此景，赶紧把三个石头砌起的土灶拆掉了，把燃烧的篝火埋了，还用水把燃烧的柴火扑灭了。他叫我和汪博斯基不要走动更不能说话，祖先赶来送行了，不能打扰它们，让它们开心地玩吧。

哪儿来的祖先呢？我分明看见的是一群黄色的猴子。大猴子带着小猴子，在树枝上吊着甩来甩去，像荡秋千，哦咻哦咻地叫着，把整个树林子闹得听不见鸟的歌声了。

嫪矮说：我们人类就是猴子变的，没有猴子哪儿有人呢？所以，我们有责任保护它们。树跟猴子同在。

汪博斯基从布包里取出理光相机，调好长焦镜头，瞄准吊在树枝上的猴子，接连不断地按着快门，咔嚓、咔嚓……

不知什么原因，一只公猴发出哦咻哦咻的警惕信号，群猴们就齐刷刷地不见踪影了。

嫪矮自言自语道：得罪了，得罪了。

汪博斯基说：他按快门的响声，那猴王也能听见？它成了神了？

嫪矮说是山神传递了信息，或者是土地神传递的消息。再说，猴子本身就很灵性，只要有一丁点不对劲的味道，猴王就会带着孩子们离开，一百二十天后，才回来重游。

我这次上山没白来，碰到三百多只猴子在树上荡秋千，还是第一次。树枝上吊着一只母猴子，它怀里抱着一只小猴子，小小的眼半睁半闭，似乎在睡梦之中。母猴一只手搂着小猴，一只手揪着树枝飞走了。我问汪博斯基拍了几张照片。他说只拍了七八张吧，上山拓片了，回去把照片冲洗出来，放大十二寸，办个摄影展览，让广大群众见识见识红四方面军走过的板桥山，现在是山清水秀，鸟语花香呢，那些成群结队的猴子，把板桥山当作它们游乐的家园了。

山，越爬越高，越爬越陡；路，越走越窄，越走越难。大约爬了两个小时，才爬到一座如牛背似的山梁。嫘矮放下行李说，他已经把我们带到了目的地，抓紧时间工作，下午还要赶回去呢。汪博斯基同样把布包丢在一棵杉树下，取出宣纸，又拿出拓包，理光相机挂在颈脖上，问嫘矮：神刻在树上的文字在哪儿？嫘矮指着山梁上的松树、杉树说：这个山梁就是当年神驻扎军营的地方，仔细看看每株树上的文字，刻的什么内容。我没有念过一天书，一个字也认不得，如果有文化，我早就当国家干部了，还脸朝黄土背朝天地当黄泥巴杆杆农二哥？唉，这都是命！

汪博斯基说那时候的人，多数没有文化，机遇好的就出去当干部了，机遇不好的就看天气吃饭了，唉，这人啊，谁都说不清楚。

我说我千里迢迢来到雪山脚下的渴查（威州）从军，这可能是人生的机遇吧，不然，我和嫘释比一样的处境呢。不过，现在生活条件好极了，这都是前人打下的江山，后人享福呢。说话间，我听见汪博斯基和嫘矮用他们尔玛人的语言打话，那意思是站在山梁上，完全能俯瞰整个渴查县城，难怪神选择这个制高点，这里是便于观察、控制战斗局势和发挥火力的最佳地方。我走了过去，好像看见了稀奇古怪的东西一样，山梁上每一株杉树上，都刻着大小不同的文字，有竖起的也有横起的。我问嫘矮：这就是你说的"神刻在树上的文字"？嫘矮说：是啊，你不相信？我说：我相信，不得不相信，眼见为实嘛。我听见嫘矮得意忘形地哼起歌曲来了：

　　一把扇儿嘛莲莲，朵朵起哟扭扭，
　　这把扇儿扭莲莲，哪买的哟阿哥呀？
　　这把扇儿嘛莲莲，自己做的哟扭扭，

哥把扇儿嘛扭扭，相送你哟阿妹呀……

我问嫽矮是自己编的情歌吗？他说是当年神唱的"十把扇儿歌"，是草坡乡杨兴武传唱出来的。据说是妻子送别丈夫去参加红军队伍时歌唱的，多么情深似海呀。

山上的风大，把树都吹弯了腰。汪博斯基一个人没办法开展拓片工作。我赶紧给他当下手，举起宣纸粘贴着"神刻在树上的文字"。汪博斯基用拓包轻轻地、来回不停地拓在宣纸上……然后，将宣纸取下来，宣纸上显现出神刻的文字"中国共产党万岁"和"穷人自动来革命"，落款是政治部宣。接下来，第二张、第三张……嫽矮将拓下来的宣纸搭在自己的左臂上晾干墨汁，然后取下来卷成筒儿，生怕弄坏了似的。汪博斯基先用照相机拍摄图片，然后，才用拓包在宣纸上拓片，这样做的目的是双保险，拓片坏了有图片，图片坏了有拓片，收藏在博物馆里，千秋万代也能记住这段历史，那是多么有意义的事啊！这时候，我们三个人，谁也没有闲着，尤其是汪博斯基，举着拓包拓着宣纸的那种认真负责的神态，胆大心细，一丝不苟；虽然，嫽矮是请来的向导，但他比我们更重要，没有他带路，我们哪儿知道"神刻在树上的文字"的地方？没有他讲故事，我们哪儿还记得当年红军曾经在这片土地上，唤醒了受奴役、受压迫的劳苦群众，建立了各级苏维埃政权，播下了革命火种，指明了各族人民争取解放的道路？此时此刻，我们已经拓印完了"神刻在树上的文字"，我们的心情可想而知。

我、汪博斯基及嫽矮坐在树林里歇息，默默无声地看着那些挺拔的松树、杉树和白桦树，青翠茂盛，遮天蔽日。心想："神刻在你们身上的文字"，你们时刻牢记"神"赋予的使命，不管风吹浪打，日晒雨淋，都一丝不苟地用生命爱护着。叶子知树，树懂叶子，云为影，风为步，无私奉献……谢谢了，轻风，你用那曼妙的体态，扇舞枝头，落叶飘零，仍保护着传播心声的文字，我们会继承和发扬的。

　　我们三个人离开了山梁。走到半山腰，翘首回望山梁上的每一棵树，回味拓印着"神刻在树上的文字"，心里有着依依不舍的感觉。许是树上一笔一刻的文字细节吧，使人难以忘怀。历史需要细节，才会使人信服，那些刻在树上的历史遗迹，永远催人奋进。

　　俗话说，上山容易下山难。我不知道汪博斯基和嫽矮怎么样，但我从山上回到家以后，腿肚子像插了一把刀，坐下去就站不起来，上床睡觉还是老伴帮忙脱下鞋袜和裤子。第二天，我一跛一跛地去上班，汪博斯基没有来。我猜想他有可能去暗室冲洗胶卷去了，或者是为了灵魂的寄放把"神刻在树上的文字"的拓片送到博物馆去了。

戏说吸香烟

我吸香烟已经有好多年的历史了。那香烟好像情人一样，每时每刻在心里惦记着。有人对我说，你吸香烟有什么好处呢？戒了，对身体好着呢！如果戒不掉，你揣点水果糖或者瓜子，烟瘾来了，吃颗糖，甜甜的，嗑点瓜子儿，香香的，多好啊！我觉得这是外行人说的话。不错，那糖果、瓜子是不错的，但这些东西是女人和孩子们的嗜好，哪有一个大男人赏识那种玩意儿？又有人说，如果，你老想吸香烟，就嚼片口香糖吧，时间一长，就会忘掉那害人的香烟。这主意不是别人所出，而是我老伴出的馊主意。那天，我在街上漫步，亲眼看见女人们口里嚼着口香糖，嚼着嚼着，咤的一声响，舌头尖尖儿顶着白色的外罩，好像胡萝卜套上了避孕套一样，看着看着就恶心起来了。其实，我清楚所有劝我少吸香烟或者不吸香烟的男人和女人，他们是出自善意。但我听不顺耳，越劝越说，我吸得越多，吸香烟比吃口香糖文明得多。

俗话说，烟是和气草，吸过还会讨。而且，还是一种社交手段儿。有一次，我去彩印厂印刷刊物，那位业务科长坐在办公桌前，问我办啥事，我说印刊物，顺手送上一支红梅香烟。科长斜眼儿看了看香烟说他不会。我收回了香烟，便与他洽谈印刊物的事宜。我介绍说印五百册，封面封底彩色，内文用七十克轻型纸，总字数一万二千字，请科长算一算要多少印刷费。那位科长皱着眉头，用计算器点了几下，抓了抓额头，伸手从衣包里掏出一支大重九香烟，衔上了，打燃打火机，点上。他每一个动作还带股劲儿，像演戏一样，鼓起腮帮，嘴巴一张，吐出一口白色的烟圈儿，缓缓地飘了起来，在他头顶上缭绕了几下，消失了。

我傻了。刚才，他不是说他不会吗？现在，怎么会吸起大重九香烟了呢？啊，明白了，红梅香烟才十多块一包，大重九一百元钱一包呢，怪不得他不会吸香烟。我赶紧叫身边的编辑出去买两包大重九香烟，以解眼前的尴尬，以免给印刊物带来麻烦。

编辑悄悄地把大重九香烟塞进我口袋里，我装着无所谓的样子。科长说：刊物印数太少，印刷工序还是那么多，印五百册的印刷费二千八百元。我赶紧对科长解释说：科长，刚才，我给你送香烟的时候，看见你有点胆怯，着急忙慌地，手就伸进另一个口袋里去了，给你敬错烟了。其实，我包里揣有你吸的那种香烟，我也难得一支一支地散，你一起拿去吸吧。科长抬头看我一眼，一抿笑：客气啥。一个月后来取印好的刊物，不过，你们自己来核最后一道红。我说：科长，那印刷费能不能少一点？我们印刊物的经费，是从企业那儿化缘弄来的。科长又看了我一眼，摇了摇头，说：这样吧，你们来取刊物的时候，交两千四百元就行了。我赶紧举起双手作揖，连声说：谢谢……

我和编辑走出门，从口袋里掏出一支红梅香烟，叼嘴上，点燃火，悠然遐想：刊物印刷费二千八百元，买了两包大重九敬贡，实交印刷费二千四百元，除掉两百元烟钱，还省了两百元，嘻，如果不吸香烟，哪儿有这么好的事儿？恐怕会碰铁钉子，会让你爬坡坡、走坎坎。这种现象在很久以前就普遍流行了，好像是一种正确的风尚。

早前吸水烟、旱烟，烟嘴是铜的，把烟嘴含在口里吸，里面就会发出呼噜呼噜的感叹声音，吸这种旱烟是有钱人家，是一种嗜好，也是一种派头，无论是先生靠坐在椅子上，还是官人跷起二郎腿吸着水烟旱烟，身体一摇一摇的，大脑里含含糊糊的，一种满不在乎的神气，没有旁观者，只是自娱自乐罢了。

我是20世纪60年代开始吸烟的。那时候，最好的香烟是大前门、中华、骆驼，随后便是大公鸡、飞雁、红梅、红塔山……我不敢自吹为羌族人做出了什么贡献，至少，我的青春是献给他们了，吸香烟也为他们的经济收入出了绵薄之力。

现在不同了，有短支的大前门，细支的黄鹤楼，细支的云烟……其香烟盒上标着"吸烟有害健康，请勿在禁烟场所吸烟"。我劝吸烟人好好想一想那两句话的意义。吸香烟到底好不好？我说，又好又不好，右手的指头熏黄了，像老腊肉皮，今天的衣服烧个窟窿，明儿的裤子烧个洞，像子弹打的一样，鼻涕浓口水多，喉咙痒便咳嗽，一支香烟里的尼古丁，可以毒死一只大麻雀。天啦，人体器官受得了？但是，吸香烟的人照吸不误，还能品出烟好烟坏，味浓味淡，可以说是吸香烟的行家了。

我觉得不择香烟而吸香烟的人，才是一个肚量大的人。

羌人谷的雪

　　我昨夜里梦见李大侠。他身着牛仔衣服外套，一件蓝色背心，头戴一顶遮阳帽，宽大的国字脸上，架一副黑色的宽边眼镜，一米九的个子，又比较胖，看上去犹如一座山，一口标准的普通话，声音洪亮又利索。但他没有跟我说话，好像在给他的女同事安排活路。这时候，我醒了，紧闭着眼睛，重新回忆刚才的美梦。

　　1998年冬月的一天上午，我在单位的座机（那时候边远地方还没有手机）接到从北京打来的陌生人电话。对方自我介绍说，他是北京"中华风云"摄制组的负责人李恩侠，拟定拍摄中华五十六个民族的风情艺术片。经四川省少数民族语言研究所李教授推荐，叫我撰写一个羌族风情的脚本，并说他明天将到汶川威州与我联系。这个突如其来的作业，使我骑虎难下。如果不接受任务，愧对同族李教授的抬举，他知道我搜集了有关羌族的许多历史文化的东西；如果我答应撰写这个脚本，时间只有一个晚上，神仙也没有办法撰写出来的。况且，我还要抽时间接待李导演和安排他的吃住。就在这个时候，我想到了同行文友陈晓华先生，约他撰写三千字左右的脚本，我们共同增砖添瓦修改。他同意了。然后，我才回电话给北京。

　　第二天，如约拿到了陈晓华写好的脚本，我只在他的基础上做了细微的修改。后面我们也顺利与李恩侠导演碰面了。为了安全，把他安排在人民武装部宾馆住下了。然后，我去向县委书记和县长做了详细的汇报，并得到了他们的关心和支持。晚上，在农牧局宾馆，县委书记、县长设宴款待"中华风云"摄制组导演李恩侠。席间，两位县领导分别给李导演敬酒，说：李导演从北京远道而来，为宣传羌民族的文化和风情民俗，不辞辛劳，县委县政府将全力配合。李导演说："中华风云"摄制组分了几个片区，全国五十六个民族，要摄制五十六个电视艺术片子，每个片子六十分钟，时间紧任务重，感谢各位领导的理解和支持。

谷县长是地道的羌族人。他建议"中华风云"摄制组到羌人谷去拍摄。羌人谷有古老的羌民居，黄泥巴筑起的碉楼，淳朴的民风民俗和传统文化。古时候是茶马古道西北线，唐宋时期曾是八大景观之一，也是我国唯一的羌族释比文化发祥地……李导演说老周和老陈已经撰写好了拍摄提纲，地点选在羌人谷拍摄。

酒足饭饱，各路神仙将离席而归。突然，李导演的手机响了。我只听他问：对方现在在哪儿？挂掉电话后，李导演说是他的殷副导演赶来了，马上到车站了，他要去接。我劝说他喝了许多酒先回宾馆休息，我和陈晓华去车站接殷副导演。因为我们都不认识对方，李导演执意要一起去车站接。

威州的夜晚，除了悬挂在天空上的星星和月亮，再就是街两边的灯火，寒风夹在黑夜里穿梭。我们来到车站门口，李导演一下认出殷副导演了，大声叫道：嘿，在这里呢！他几步跑过去了，从殷副导演手里接下了皮箱，陈晓华跟着抓过皮箱提在手里了。殷副导演说：接到李导演的电话不早了，我坐的最后一班车呢。李导演什么也没有说，只是哈哈一笑。随后，我们一同回到人武部宾馆，给殷副导演安排在三楼房间。我和陈晓华在回家的路上互相开玩笑，陈晓华说李导演好眼力，找了个漂亮女导演。我说是不是副导演还要打问号，他们那样关系，有可能是李导演给那女人安的副导演吧？陈晓华说哪知道呢……

冬月的天空蓝蓝的，云白白的，河水绿绿的，山里的树叶披上了一层淡红色的花衣服，河坝与高山的寨楼上，堆着金黄色的玉米棒子，山野一片宁静，只有微风悄悄地从身边走过……

那天，县政府王主任派了一辆车，把我们送到羌人谷便打道回府了，因为再往前行没有机耕道，只能用"11 路"车走路了。

从羌人谷顺沟而进，爬一个小山梁，便是羌人谷的尽头，再往前走是一片宽阔的玉米地，地中间有一个大石包。事先，我跟住在羌人谷的余世忠老师联系过，我们有三男一女到羌人谷拍电视，要住在他家里，还要吃伙食呢。

羌人谷的天气，说拉下脸就拉下脸了，还不到 7 点钟，天就黑尽了。我们四个人加余老师一家人，坐了满满一桌子。余老师端起酒杯热烈欢迎从北京远道而来的两位客人，为了宣传他们羌族的历史文化，不辞辛苦，他以羌族人子孙后代的身份，敬一杯酒。

李导演和殷副导演同时站起来碰杯并一口干了。

我赶紧对余老师说：我们是老熟人了，不必客气，再说我和晓华不饮酒，你好生陪李导演喝几杯羌家人酿造的青稞酒。我和晓华吃着金裹银（大米饭和玉米面掺和蒸的饭，金黄色，香味可口），雪白的豆花，亮晶晶的五花腊肉，香喷喷的香肠，回锅肉，还有一碗鲜美的洋芋糍粑……我问余老师洋芋糍粑是怎么做的，他说简单又不简单。从地头把洋芋挖回家用水洗干净，架柴火把洋芋煮炮后剥皮，放入石臼里用木杵捣碎后，臼起来放进锅里煮，边煮边搅拌，一直搅拌成黏糊糊状态。这时候，把腊肉切成豆子大颗粒，放入锅里炒出油，再把切好的酸菜掺和一起炒，加水、盐巴、豆油、鸡精和红油……

余老师说一般不做这道菜，家里来了贵客才做这个招待。几百年了，羌人谷的羌族人都是这样的。不过，我们自己有时候还是煮点子佳吃的。

我比较熟悉余老师说的"还是煮点子佳吃的"意思，"点子"即很少，"佳"即好东西。这是他们的口水话或者土语。我想，只要他们能表达出自己的心里话，也就足够了。

晚饭后，除了羌人谷电站送来的光明，就再也没有任何享受了，只好强迫自己进入梦乡了。

第二天醒来是早上 6 点，窗外格外明亮。我起床推开门一看，啊，大雪，好大的雪啊，整个羌人谷山脉是一片银白的世界。但我怀疑自己是不是在做梦？因为吃夜饭的时候，还有月亮照着的，真不相信那气流来得那么快。可是，事实就是事实，天空仍飘着密层层的雪花，如跳舞的女人腰身，一扭一扭地舞蹈，美极了。这时候，李导演和殷副导演都起来了，站立在院坝里厚厚的积雪上，脚下发出咕咕的声响。他们发出感叹，啊，好漂亮哟……余老师说这是羌人谷今年下的第一场雪，向阳的地方会化一点，向阴的地方要等明年春天才会化了。

早饭是一碗鹿耳韭酸菜汤和火烧洋芋。我和陈晓华用这种饮食是可以的，那李导演和殷副导演就不得而知了。李导演说他是第一次吃这种饮食。殷副导演说还好吃呢。我说：别小看这种酸菜呢，它名叫鹿耳韭，是高山上的一种野菜，扯回家后用清水洗干净，晾干水汽，用盐巴腌两小时，便放入坛子里，坛子口上压一块石头，腌十天半月后，即可食用了。李导演说：这是羌民的一大绝招，野菜也能搞出这么好吃的东西！

这时候，余老师把羌人谷村杨支书叫来了。我们都在院坝里的雪地上站着，飞雪落进颈脖里冷丝丝的。尽管如此，仍然在讨论如何开展工作。按照我们撰写的脚本要求，第一场戏应该是在庙宇前跳锅庄舞，释比敲羊皮鼓和道念古经文，同时，举行转山会。不过，这里面还有许多细节。比如，跳锅庄燃烧的干柴、锅庄舞的男女演员化妆、敬山神、土地神的香蜡钱纸，这么多问题如何解决？李导演把我和陈晓华叫到一边指着脚本问道：兄弟，这些东西怎么解决？陈晓华说：你只解决给演员化妆和跳舞，其他的就不用操心了。

我们已经来到庙宇前的空地上，大雪如筛糠一样，在空中飞舞，把整个空地上盖得厚厚一层，脚在上面走动叽咕叽咕响。李导演一会儿望着来时的路，一会儿又打手机。我问他有啥事吗。他说他的摄影师不知怎么搞的，现在还不来！我赶紧找杨书记派个人去接摄影师，人家人生地不熟呢！这时候，李导演从皮箱里取出一只像唢呐一样的话筒，举到嘴巴上大声说：殷副导演，你赶快把姑娘们和小伙子的妆化了（姑娘和小伙子都是羌人谷的村民），然后编排沙朗舞，待摄影师到了就拍摄。

杨书记安排村民背来的干柴，堆积在庙宇前如一座小山，香蜡钱纸也送来了，释比手举羊皮鼓又摇着响铃，羌人谷的村民们，把这个庙宇前的空地团团围住了。

雪，无声无息地飘落，树，披上了一件雪白的外衣，土地，覆盖了一层洁白的面纱，静静的羌人谷，犹如沉睡的婴儿……

李导演和殷副导演站在雪地上嘀咕着什么，是昨晚上没有吃饱饭还是别的什么？我们哪儿知道呢！又不是他们肚子里的蛔虫。殷副导演把姑娘们和小伙子的淡妆化完了，集中在庙宇前的空地上，手拉手围成一个圆圈，村妇联主任领着大家边跳边唱：

亲咯嗦（吻一个），英雄也呐咯入莫呀（男人在老婆身上摸呀），亲咯嗦（吻一个）……我听不懂歌词是什么意思，只能根据唱出的谐音解释在括号里，不知对不对还请多谅解。那殷副导演看着姑娘们脚上跳的舞步，她跟着拐过去又拐过来学得还很认真呢。李导演在话筒说：殷导，你要尽力学会这个舞，还要把歌词背熟，我们带回北京去跳。嗨呀，美极了，这个能歌善舞的羌民族，历史文化底蕴深厚呢！跳吧、唱吧，大雪也和我们一起跳舞呢！

天空仍下着大雪，密层层的。杨书记和何村长把郭摄影师接过来了，一大堆摄影方面的东西。陈晓华爬上庙宇中间，把香蜡钱纸点燃。释比举起羊皮鼓边敲边唱：

左手举白鼓，右手拿鼓槌，还愿鼓哟驱邪鼓，驱邪赶鬼还天愿。鼓是天爷为民造，千秋万代不绝响。千秋鼓哟是神鼓，识字之人传下来。神鼓之神两边站，左是公哟右是母，开坛古经唱起来……咚咚咚，咚咚咚……

停！唱！停！敲！李导演举起话筒大声吼叫，郭摄影师肩扛摄影机跑上跑下摄影。庙宇前的篝火点燃了，浓烟四起，火光冲天。姑娘们和小伙子们在殷副导演的指挥下，手拉手围成一个圈子，把篝火团团围住，边跳边唱：

学习文化哟，人人要学呀，嗨嗨嗨……跳啊唱啊，密层层的雪花与舞蹈交织在一起，与天同乐，与地同欢……接下来是转山，即转山会。按照古羌古俗举办转山会，是有时间规律的，不能前也不有后。但是，经过做思想工作，说明拍摄"中华风云"电视片的重要性，是宣传古羌民族历史与文化的一个重要平台，机会尤其难得，能否请释比敲着羊皮鼓和道念古经文，祈求木比塔（天神）恩准。释比左手举着响铃，叮当叮当摇了几下，抬起头望着天上，口里念念有词，不知说的什么。然后，释比向李导演点了点头。陈晓华赶紧说：李大侠（李导演），木比塔恩准了！

李大侠举起话筒吩咐殷副导演做好场记，带领姑娘和小伙子们，从庙宇前绕过"拉则（白石搭）"再沿小路到达"邛笼（碉楼）"后转回原地。郭摄影师前前后后的奔跑着摄像，队伍在白石塔与碉楼之间迂回。我问郭摄影师，那二十多个人来来去去的走一个地方，啥意思呢？他说是摄影里的一种技巧，别看拍摄了二十多个人的转山会，片子制作出来后，就是几百上千人的转山会了。唉，我心里一惊，真是天外还有天啊！

羌人谷的雪仍在飞舞，但篝火熄了，跳舞的姑娘们和小伙子都走了，殷副导演也没了，陈晓华哪儿去了呢？庙宇前的空地上，一个人也没有了。这时候，李大侠头戴一顶遮阳帽走过来，宽大的国字脸上，架一副黑色的宽边眼镜。他看见几个光着屁股蛋的小娃娃，在雪地上打雪仗和跳雪舞，便伸出手拍了拍娃娃们的屁股蛋，伸起大拇指赞叹不已……在我的记忆里，李导演在拍摄完了"中华风云"羌族历史文化专题片后，因为一时兴奋，喝了过量的玉米烧酒，引发了脑出血，抢救无效去世，怎么还活着呢？他一句话没说，一眨眼儿，不见人影了。

这时候，我听到老伴在叫我，快8点钟了，太阳晒到屁股了，还不起床！

羌山

QIANG SHAN

SU JING

素景

汶川八景兴替记

汶川古称汶山郡、绵虒县、汶山县、霸州。旧志记载，域内多胜迹，称"雁门晴雪、龙山晚照、凤坪阴雨、须弥圣灯、玉垒浮云、龙洞潜流、银台宿雨、道角灵山"。虽不免美言不信，但也不难寻名去求实。

猪年刚过三日，满天飞雪。文友别出心裁约游汶川胜景，问及八景时，答曰东边的山，西边的山，前面的山，后面的山，一山二景，四山八景，岁月磨洗，都化作美丽传说了。

雁门关，即唐之通鹤军驻地，外有三墩，负山临水，"雁门晴雪"在雁门关之上，属萝卜寨背面的一座山，岩石呈灰白色的雪光，夜如白昼。相传，这地方出了个爱打抱不平的英雄，枪法好，一身武力，一次能喝八瓶玉米烧酒，人称汪八斤。时逢腊月，羌民们辛苦一年，杀猪宰羊，正准备过年。这时候，旧官府派兵丁进寨逼迫羌民们交粮交肉，违抗者枪杀，轻者罚五百斤干柴送到官府。羌民们忍气吞声，敢怒不敢言。在这种民弱敌强的情况下，汪八斤挺身而出，问兵丁哪位是领头的，他有话要与领头者商谈。那位领头人身背长枪，耀武扬威地跟着汪八斤走进了寨楼。大约一支烟的工夫，汪八斤手握火药枪走出来，对兵丁们说：兄弟们，今年天旱，久旱不雨，收成欠佳，没有粮食就养不了猪，好在老天爷给了我们一片荒山野岭，喂养了几只瘦如柴骨的山羊，与你们领头人商定，送你们两只山羊交给官老爷，你们也好交差，至于你们的领头人，就不跟你们回官府了，留在寨子里帮忙宰羊吃肉过年。你们回去一定把话带到哈！

官府也不是吃素的，认为汪八斤扣留了他们派出征粮食的差役，一怒之下，派了大批兵丁围剿萝卜寨。然而，汪八斤泰然处之，形若无事。他哪里是在杀羊过年啊，其实在暗中做对付官府兵丁的准备。他组织羌民们在寨楼四角，点着桦树皮火把，全寨子灯火透明，偶尔放几枪；偶尔又放鞭炮；偶尔用白石头砸向围攻的兵丁；偶尔逼迫差役领头人向围攻的兵丁们喊话……兵丁们见势不妙，便急匆匆地退回了官府。随后，汪八斤把差役地领头人给放了，还给了他两块银元，叫他回寨子娶妻生子，不要为官府卖命，欺压老百姓。差役领头人能把命活下来，对汪八斤感激不尽，离开寨子的时候，还把步枪和七发子弹送给了汪八斤。腊月二十六，离大年三十还有三天，寨子里来了三个卖针头麻线的商人，个子高大肥壮，对人和蔼可亲。寨子里的女人们闻风跑去买挑花刺绣的花线和丝线，把三个货郎围得水泄不通，叫卖叫买声不断，男人们也混在一起凑热闹，为自己的老婆选这样又选那样，讨价还价，争来争去，眼睛不停，手也不停……突然，一声惨叫声，一个男人倒在血泊中，原本热闹的场面便戛然而止。慌乱中，那三个货郎子不见踪影，倒在血泊里的男人恰恰是汪八斤。女人们哭成一锅粥，男人们惊慌失措。后来，羌民们才知道，那三个货郎子是官府派来的杀手。一个月后，背面那座高山便化作一座雪山，积雪的光亮如一面镜子，照着萝卜寨。羌民们说是汪八斤的化身，便起了"雁门晴雪"这个名字。清嘉庆年间，羌族诗人高辉光以精练的笔墨，描绘了境内的八处景色。诗曰："道角凌霄一鸶峰，元阳洞口白云封。星明碧汉灯初挂，草入池塘露已浓。曾上雁门嘲食雁，屡经龙洞忆犹龙。朝来散步银台望，玉垒高标听晓钟。"谁知道，往事越千年，沧海桑田，"雁门晴雪"的那座山虽然存在，但名存实亡，因为萝卜寨都装上了太阳能，光照日月了。

龙山晚照，汶川境内八景之二，位于威州镇对面龙口寨。相传，大禹治水路经此地见雨多成灾，玉米洋芋、瓜果豆类泡在雨水中腐烂，老百姓日无鸡啄米，夜无鼠耗粮。于是，大禹在原地大吼一声，雨便停了，右手指向天边一挥，太阳便从云层中钻出来了，夕阳余晖，光灿夺目。羌民们便起了这个"龙山晚照"的名字。从此，龙山风调雨顺，五谷丰登。后来，为了纪念大禹治水的功绩，在龙山立了一个碑，起名"禹碑岭"。在破四旧，立四新那个年代，这个古迹被破坏，残缺不全。随着社会的进步和发展，人们的思想观念的更新，对植根于历史文化土壤中的意识形态和价值观的增强，当地文物部门，将"禹碑岭"进行了维修，焕然一新，不仅是立在风雨雪霜中的古迹，更是树立在人们心目中的象征。其实，这也是一种"怀古"。唐朝大诗人杜甫诗曰："侧身天地更怀古，回首风尘甘息机。"散文家王力平说，"怀古"是建立在生命价值和文化自信基石上的一种人文情怀。因而，"汶川八景"，正是这种人文情怀的真实流露。

凤坪阴雨，汶川八景之三。这地方山高地不平，长年累月，雨水多多，便起了这个"凤坪阴雨"的名儿。这个美名儿，出自一位县官，名为李锡书，清嘉庆年间进士，在汶川任县长期间，著书多部，其《汶志略纪》洋洋数万言，成为方志典籍。当时，为撰写汶川境内的地形地貌，风土民情，人文景观，政治，经济，除查阅大量的古文书刊，他乐此不疲地踏遍了汶川的千山，泅渡了汶川的万水，用他睿智敏锐的双眼去捕捉或者发掘千年的古诗韵文，为后人继承和弘扬优秀的羌民族历史文化，提供了重要的依据。现今的"凤坪阴雨"只是一个符号了。1978年以来，随着美好时光的到来，人们便开始改变思路，不再痴心妄想，等待天上掉馅饼。而是借人文景观，靠山吃山，靠水吃水，打造旅游。

须弥圣灯，汶川八景之四，位于绵虒和坪山中，与石纽山刳儿坪隔河相望，山顶有火如灯，夜晚有七星闪亮。清朝羌族诗人高万选作诗曰：势极龙山一气通，山形细折石穹隆。香传薏苡王孙草，瑞霭流星圣母宫。古道儿湾留野牧，危江一带锁长虹。羌人指点刳儿坪，隐约朝霞暮雾中。诗人像用一支浓浓的画笔，形象地描绘出了石纽山的自然风光。不仅写出了刳儿坪佛光四射的圣灯景象，还把羌族人对于大禹那种难以言状的敬畏之情，表现得淋漓尽致。

大禹原本诞生于绵虒石纽山刳儿坪。据历史记载，禹，姒姓夏后氏，名文命，字高密，号禹，后世尊称大禹，夏后首领。相传，鲧的妻子有莘氏女修已生大禹的当日，闪电雷鸣，狂风四起，天黑得伸手不见五指。突然，山中亮起一盏圣灯，亮如白昼。有莘氏女修已趁着圣灯洗胎儿，血染红了茅草，染红了水沟里的石头。大禹出生三天就会叫阿妈，三个月就会走路，三岁就长成一个大小伙子。有莘氏女修已看着儿子一表人才，便托人去涂山寨说亲事。碰巧，涂姓人家有一女子，名涂山氏，长得如花似玉，红娘没费多少口舌，涂家便答应这门婚事。大禹与涂山氏结婚不久，便生一子，起名"启"。后来，大禹为了完成父亲治水的事业，便告别妻儿远去疏通九江八河，三过家门而不入。清嘉庆时任汶川县县令李锡书为缅怀大禹治水的功德，在大禹出生地绵虒石纽山刳儿坪，修建了一座圣母祠，周围栽了三棵柏树。后来，由于年久失修，圣母祠成了废墟，三棵柏树也被砍伐了。不过，时来运转，汶川特大地震后，对口援建的广东省根据重建总体规划，在绵虒高店子与石纽山刳儿坪相隔一公里的地方修建了大禹祭坛，大禹像竖立在祭坛之上，雄伟高大，栩栩如生。右侧有歌舞表演队和接待游客场地；左侧建有大禹农庄，是游客住宿休闲的地方。这些都充分体现了古为今用的内涵，也是建立在生命价值和历史文化自信基石上的人文情怀。汶川八景中的"须弥圣灯"，可以说是一种真情实意的写照。

玉垒浮云，汶川八景之五，玉垒浮云是一个地名，原因是山脚下树木丛生，郁郁葱葱，每当晨曦之时，即有云雾浮于玉垒山之上，故曰"玉垒浮云"。杜子美作诗赞"玉垒浮云变古今"。那如刀切般高耸的石壁上，刻着"玉垒山"三个字。相传，三国蜀汉皇帝刘禅至边塞视察工作，一日来到汶川威州小镇，当地官府大办宴席，为刘禅接风洗尘。席间，县老爷是小巫见大巫，本不饮酒，硬要舍命陪君子，接连恭敬皇上三大土碗烧酒，自己却头昏眼花，早早退席。然而，刘禅皇帝还能记起来时，曾看见山中有一刀切高耸的石壁，便索来纸笔,挥毫泼墨写下"玉垒山"三个字。由于饮酒过量,在书写时,竟将"玉"字右边一点,书写在左边"王"了。县老爷没管那字错没错,如获至宝,请来石匠将"王垒山"三个字,刻在刀切高耸的石壁上。清朝诗人何肇远作诗曰:蜀帝亲题玉垒山,深岩窅窅水潺潺。渊沉静处青云里,峰插高标碧云间。丞相营田屯渭上,将军卷甲赴天关。遥怜与驾登临时,曲唱无愁避暑还。这是诗人的有感而发。

然而,后人借用这股脉气,在山脚下愚公移山,修房造屋,过自己想要的生活。但是,随着时代的变迁,玉垒浮云变古今。现在是汶川县党政军所在的重地了。而且,沿玉垒浮云不远的河边,汶川特大地震后,打造成了文化休闲一条街,设有凉亭和座椅,餐饮、棋牌、书屋、歌舞广场,琳琅满目,美不胜收。

汶川八景的每一个景点,都是人类实践活动遗存下来的历史文化经典。所以,人类的历史是由人们自己创造、书写和更新利用的。

龙洞潜流,汶川八景之六,位于玉垒山脚下的天然岩洞内,洞大如房,清泉澈冽如镜,鱼儿悠游水中。相传,明朝思想家、文学家王阳明在洞内熟读圣贤书,并以修身、齐家、治国、平天下为己任。他还研究中国传统儒家文化精神,尤其是心学思想研究,"心即是理的人生论,心是天地万物的主宰,心外无理,心外无物"的基本观点,一直为世人传承,响彻中外。他还在洞门上书写横联"龙洞潜流",右边上联是"玉垒山中寺",左边下联是"山水读书间"。洞内的清泉甘甜可口,若遇天旱无雨水,附近老百姓都会提着水桶,去龙洞担水洗菜煮饭。后来,老百姓编了两句顺口溜:聆听龙洞读书声,饮水不忘王阳明。清朝诗人孟侯作诗曰:远疑无路觅西东,忽到溪头一线通。劈破高峰开锦峰,列成崖岸养神龙。猿啼绿树山山外,月落寒潭隐隐中。锁任烟霞千万里,长留彩翠映苍穹。在汶川这块土地上,那些人文景观,都是人们创造美好生活的历史见证,也是文化精神的体现。1971年在汶川县龙洞侧边修了一栋房子,并成立县地震监测领导小组,1975年建立地震监测台,在龙洞安装架设地震监测仪器和倾斜仪器，1984年龙洞内改造成地震监督仪器室，为传递防震减灾信息的主宰阵地。

银台宿雨，汶川八景之七，地处映秀羊子岭，又叫娘子岭，俗有银岭、银台之称，旧时有汉族地区与少数民族地区分界岭之说，也是茶马古道的必经之路。这里山高路悬，一年四季，细雨蒙蒙。山顶垭口上修有小木屋，为马帮和背夫歇店的容身之地，热茶热饭，待客有佳。传说，杨玉环被唐太宗选为四妃，一日，前往京城路经羊子岭时，风凄凄，雨哗哗，便在羊子岭躲雨歇息。杨玉环的美貌感动了天神木比塔，为她施舍出温暖的太阳。杨玉环坐在轿子里问轿夫，这里叫"银岭宿雨"还是叫"银台宿雨"好。轿夫说娘娘吉祥，娘娘说什么都好。杨玉环说那就叫"银台宿雨"吧。后来，小木屋里的主人请来石匠，把"银台宿雨"四个字刻在石头上作为招牌显耀。至今，那银台宿雨招牌侧边的青石板路上，被马蹄踩出的足印，还历历在目，这就是永恒的历史记载。

春雷一声响，各族人民得解放。20世纪50年代初期，在银台宿雨山脚下，开山劈岭，修了一条通往雪山草地的公路，人心所向，减轻了人、马的负荷。从此，银台宿雨那条溜溜坡、盘盘路的山道，慢慢清闲下来了。岁月如梭，人们只记得"银台宿雨"那座山岭上的茶马古道，曾经辉煌过……

道角灵山，汶川八景之八，位于绵虒上关村。相传，清朝时期，马成德修道之地有房屋数间，一年四季香火不熄。其实，这里并没有什么特别的风景，只是在人们的体验中，去庙宇烧香拜佛，仿佛是一种精神文化享受，是一种心灵上的寄托。自古以来，人们的美好生活不是天造地设，是人们自己创造出来的。所以，凡是古人修行的地方，都以为是有灵气的地方，后人就会起上一个美名，无人不知，家喻户晓。

据史志记载：汶川八景之说，言人人殊，是采其优雅者列入八景的。不过，现在的汶川八景，已经超出了人们的想象了。如"雁门晴雪"的萝卜寨，美化为"云朵上的街市"；"须弥圣灯"的绵虒石纽山刳儿坪，打造成了"大禹故里"；"银台宿雨"的映秀羊子岭，虽说还没有造福于民，但已经计划打造旅游景点。而还没有列入汶川八景的龙溪沟，正在开发进行中，只待游客光临了。

顿时悟透，汶川兴八景，恕先在焉，呼之欲出。

黄龙寺

老早听朋友说黄龙寺很神奇，尤其是踩"五彩池"水凼凼儿，如梯田又像水田，大小不等，如果有太阳照射，水凼凼的水流动，就会闪现五颜六色的光环，有时会爬上腿肚子，美丽极了。

黄龙寺在松潘县东七十公里处，从县城坐车翻过山垭口，再下到黄龙寺山脚小镇。这个小镇人来人往，繁华有佳，琳琅满目的皮货，还有优美动听的藏羌情歌演唱。

黄龙寺亦称"雪山寺""白鹿寺"，藏语称"瑟尔嵯拉康"，意为金海寺庙；羌语称"雪海斯格"，意为金海寺庙。黄龙寺原有前、中、后三座寺庙。现在的黄龙古寺是原来的黄龙寺后寺，有六百多年的历史了，属道教观宇，占地一千余平方米，背靠五彩池，下距黄龙中寺七百六十六米。这里是重重叠叠的大山，不知哪位仙人把这里变成这般美景。

我站立在黄龙寺管理站门口，准备借用长筒水靴。这时候，随我一同游玩的朋友说不用借水靴，他与我登山比赛，返回来的时候，再去踩水凼凼儿。管理站的同志听见后说，爬十五公里的笔直小路，谁走前又谁走后头，怎么个比赛呀？

我说谁最先登上山顶就算赢，中午在山顶由胜利者办招待，于是，我一会儿后，他一会儿前，就这么争先恐后往前奔，好家伙，上气不接下气，汗流浃背的。我与他谁也不敢有停下来的意思。我稍停下来，他就奔我前面去了，他停下来喘气，我就奔在他前面老远了。就这么折腾来折腾去，大约四十分钟，才登上山顶。4月，山边上还有白花花的积雪。但我们的衣服全汗湿透了。还好，山尽头有座寺庙，内有餐食和火塘，是为游客们歇息和用餐的地方。我们把衣服脱下来拧掉汗水，在火塘边烤干，然后去用午餐。因为同时到达山顶，之前的诺言被推翻，我们俩吃饭就实行 AA 制。

午饭后，我们立即进入大森林怀抱，心情也爽快了起来。在那绿色的密林中，小松鼠在树枝上乱窜，鸟儿在树林中歌唱，一条林中小径蜿蜒而下，踩在上面软绵绵的如地毯。

走了一会儿，忽听见水声叮咚，循声前去，只见林木突然两边退去，腾出一片宽大的地带，碧水漫流而下。地表上覆盖着一层碳酸钙，形成长长的石钟乳河槽，梯池，台地，俨如一条黄色的巨龙，鳞片闪闪发光，从远山奔腾而下，壮观极了。池水青、蓝、紫，柏桦、柞权、水椰斜倚堤岩，或偃卧水底，组成一个个绝妙的天然大盆景。

我和朋友手牵手，赤脚踩水上行。但是，水凼凼不热乎，冰冷刺骨，足下一点不滑。我和朋友的胆子大起来了，甩开脚步往前走，嘴巴里还哼着《泉水叮咚》的歌曲。

遍地水凼凼的两边树林，那高大的杉树上，挂着一缕缕淡绿色的松萝，碗口粗的羊角树，开着白色和粉红色花朵……我和朋友站立在水凼凼里，远眺周围的景观，忍不住大喊起来。我们的喊声感动了山神，放飞一只火红的金鸡从我们头顶飞去了。

此时，羊角花丛中，闪现出两位身穿阴丹布衣服的羌族姑娘，她们落落大方地谈论着什么，一位叫木嫚，一位叫英吉。我的朋友高兴地举起相机想给两位姑娘留影。可那两位姑娘转身就钻进树林里去了。我给朋友解释说，那两位羌族姑娘是不会让你随便照相的，因为会把她们的影子带走，她们会倒霉的，除非她们自愿。

转眼间，我们要离别黄龙寺了。刚上汽车坐下，只见那两位羌族姑娘走过来，站立在车窗外向我们挥手，并送给我们两朵"雪茶"。

马灯寨

羌人谷这名字，好像女人穿了件漂亮衣服，好听、好看又好玩，可以说三全其美了。但是，在我的印象中，这个美名是在 20 世纪 90 年代出现的，那是汶川县打造龙溪旅游景点——阿扎窟，我还写了篇小文《神奇的阿扎窟》在四川《民族》杂志刊登。殊不知，一篇小文引起了关注。当时，摄影师司京陵拍了一组有关阿扎窟的旅游风景相片，在县文化馆橱窗里展出时，不知从哪儿来了一群与当地口音不同的人，想去看看这个阿扎窟，我一下急了，问他们从哪儿来，得知他们说是从香港来的游客。我解释说阿扎窟还没有开发出来，以后开发了，欢迎他们前来观光。他们悻悻地走开了。后来，我琢磨着我那篇小文不该写，更不应该投稿发表。

20 世纪 80 年代初，汶川县电影管理站何站长，请我去拍摄结婚照。当时，县文化馆有一架最好的理光带长镜头的配套相机，由馆长随身携带使用。我只能用海鸥牌自动停片的相机，模样像一块豆腐干，借用一架充电闪光灯，骑一辆半旧自行车，便上路了。

从威州到克枯、下庄一条直通马尔康的水泥公路（那时候还没有柏油路），便到达龙溪界的东门口。据汶川县志载："龙溪乡以龙溪沟（源于龙池得名）。北宋坝州（羁縻州）曾在东门口建城，明朝在此设堡，清朝为理番中三枯地，民国属理县，1963 年 4 月正式划属汶川县，属威州区管辖。"看来，龙溪东门口的历史很悠久呢。下了自行车，眼前是一座桥，几根钢丝绳从河这边绷到河对岸，桥面上铺着七拱八翘的木棍，无法骑自行车，只好扛在肩上，随着桥身左右摇晃，亦步亦趋。过了险桥，就没有公路了，脚下是一条三尺宽的小路，能骑自行车就骑自行车，不能骑的就推着走，从东门口、三座磨、十座磨，顺着一条清亮的小溪沟前行，便到了举行婚礼的马灯寨了。

马灯寨依山傍水，寨楼建在山边上，设有吊脚楼。寨楼上冒着白色的炊烟，不时有歌声从寨子里飞出来。这时候，我把自行车丢在路边（那时候没有小偷），背着照相机走进寨子，一条宽窄不均的黄泥巴土路上，牛、羊粪便臭气熏人。这时候，何站长走出门来，恰好看见我在巷道上行走，便急忙接我进屋。我走到大门口，站立在门两边的迎客姑娘敬我一杯喜酒，又敬两支红梅香烟后，我才走进屋里。

这时候，屋里开始闹花夜了，堂屋里摆四张桌子，桌子上摆着核桃、苹果、花生、瓜子、水果糖等。女方主人家送新娘的人坐下方，男方的接亲人坐上方，两家人面对面，你看着我，我看着你，各人心里有一把算盘，就看谁起头唱出山歌顺不顺心了。

女方唱：
天上星密天不明哟，
水里鱼多水不清呃，
路上坑多路难走哟，
世间人多活添暗呃，
阿妹许给意中郎舍，
要学纳基① 配凡人哟。

男方唱：
阿哥不是自己夸哟，
人见都赞顶呱呱呃，
阿哥真心爱阿妹舍，

----

① 天神的幺女，与人间热比娃婚配。

脱了裤子验真假哟。

女方唱：
青冈叶子背背白哟，
不会说话刀割舌呃，
阿妹生来清白身嘞，
谁知阿哥有小妾哟？
……

　　我听傻了，还以为他们真的是在对骂呢。原来，这是当地女方
和男方闹花夜的一种风俗，骂得越凶就越吉利。我觉得是一个机会，
举起照相机一按快门，闪光一闪亮，歌声便戛然而止，坐在桌子周
围的姑娘们笑着说：哎呀，啥子灯好亮哟，你不要把我们的魂装进
匣子里了。何站长在旁边说：那是照相机，什么匣子？还锤子呢。
他后面这句不文明的话是在我耳边说的，只有我听见了。接下来，
管事名叫"掉鼻子"，安排客人们坐席了。我跑前跑后地来到席桌
前，啊，哪儿来的这么好的厨师呢，少则十二大碗，多则十四大碗，
有白豆和带皮炖的墩子肉、扣肉、腊猪蹄、红烧肉、凉拌鸡块、鱼
肉、香肠、豆花、牛肉、鹿耳韭炒肉、白萝卜炖牛肉……我抓紧拍
了几张照片，特别拍了一张放在桌子中间的那碗墩子肉。可想而知，
我的胃开始发表演讲了，那么大一坨一坨的墩子肉，黄灿灿的肉皮
简直让人垂涎欲滴。
　　我又拍了几张照片，其中有两张特写镜头，是专门给两位漂亮
姑娘拍的。她们穿着红彤彤的衣服，头包白布帕子，胸脯两边戴着
雪白的银牌，代表她们已经长大了，那银牌背后是为娃娃准备的粮
食口袋。有一位姑娘好像见过世面，胆子要大一些，问我：师傅，
你照了我的身体，你给我一张相片行吗？我说：你进县城的时候，
就到文化馆找周老师取相片哈。她看着我一笑，还眨了眨眼睛。
　　这时候，吹鼓手吹响了唢呐，"咿咿呀哈哈，呀咿呀咿呀……"

唢呐声音好听，但不懂每个调门的意思，俗话说隔行如隔山。"掉鼻子"管事说：各位亲朋好友，今天是何家嫁女儿，承蒙厚爱，主人家备下了小酒小菜，小小意思不成敬意，请大家慢用……两位吹鼓手举着唢呐对着席桌又"咿呀咿呀"地吹了起来。

我拍了两张吹唢呐的特写镜头，便坐上桌子食用墩子肉。席上的宾客多数是当地村民，特别客气地你推我让的，我才不兴那些礼节，一连干了三坨墩子肉，估计一坨墩子肉有二两吧。我发现席桌上的人看着我直抿笑。我速战速决，不等桌上的人离席，我背着照相机就先离席了，直接走进厨房里，打听哪位厨师做的墩子肉，几位师傅要我为他们照张相，我二话不说，举起相机就给他们照了，并说回单位后，冲洗出来了，就给他们带来。然后，就打听那墩子肉是怎么做出来的。一位胖师傅将他的"秘方"告诉了我，先用柴火把五花腊肉皮子烧了，用温开水浸泡两小时后，又用菜刀边刮边洗火烧的肉皮子，刮洗的肉会黄灿灿的，切成四方墩子，大约二两一坨，雪山大豆和墩子肉同时放进铝锅里，加上适当的冷水，大火烧开以后，再用微火炖两小时，便将海带放入锅里炖一小时即可食用。

我听后觉得很复杂，不是他们说的那么简单。不过，我已经将制作墩子肉的程序装在大脑里了，日后，我会试着学习的。这时候，堂屋里的唢呐又吹响了。管事说时辰不早了，新娘子该梳妆打扮穿新衣服了。我听后一个急转身，走进新娘子的房间，只见四个姑娘站立在她身边，阿妈站立在身后，手举着梳子给新娘子梳头，边梳边唱，四个姑娘帮腔：

阿妹哟，
你头上扎的什么绳？
阿哥嘞，
头上扎的红头绳。
阿妹哟，

你头上插的什么簪?

阿哥嘞,

头上插的是银簪。

阿妹哟,

你头上包的什么帕?

阿哥嘞,

头上包的水纹帕。

阿妹哟,

你耳上戴的什么环?

阿哥嘞,

耳上戴的银耳环。

阿妹哟,

你手上戴的什么箍?

阿哥嘞,

手上戴的金箍子。

阿妹哟,

你手腕戴的什么镯?

阿哥嘞,

手腕戴的银手镯。

阿妹哟,

白布汗衫哪里穿?

阿哥嘞,

白布汗衫贴身穿。

阿妹哟,

汗衫外面套什么衣?

阿哥嘞,

汗衫外套花布衣。

阿妹哟,

花布衣外套什么衣?

阿哥嘞，

花布衣外套麻布衣。

阿妹哟，

麻布衣外套什么衣？

阿哥嘞，

麻布衣外套羊皮褂。

阿妹哟，

黄绸带子哪里拴？

阿哥嘞，

黄绸带子腰上拴。

阿妹哟，

白布裹腿哪里缠？

阿哥嘞，

白布裹腿脚上缠。

阿妹哟，

脚上穿的什么鞋？

阿哥嘞，

脚上穿的红绣鞋。

阿妹哟，

鞋上绣的什么花？

阿哥嘞，

鞋上绣的牡丹花。

阿妹哟，

鞋子做的什么底？

阿哥嘞，

鞋子是木瓜心心底。

阿妹哟，

鞋边锁的什么边？

阿哥嘞，

鞋边锁的是锯齿边。

众唱：

边锁圆来圆锁边，

两口子舌头尖对尖，

儿孙满堂世代传……

新娘子看着阿妈，泪水长长地流着。阿妈劝说女儿：阿妈养你十八年，一泡尿一堆屎，冬天冷夏天热，胀不得饿不得……你到了婆家，少说话多做事，照顾好老人，体贴自己的男人。新娘说：阿妈，你们的养育之恩，女儿是不会忘的，阿妈放心吧，一定当个好媳妇和好妻子的。阿妈说不许哭哈，人一辈子只有一次最高兴的日子。真好，没有听见哭声了，只能看见脸腮上的泪水，无声无息地往外奔放……我赶紧抓拍了几张照片。我大胆而又小心地猜想，从人物的表情和神态，这几张相片会说话，让你感受到人类的真情实意。

这时候，我看见床上堆着花花绿绿的嫁妆，两口香木做的红色箱子，云云鞋、绣花鞋和田字格的绣花鞋底儿，四床花被盖，两个花枕头。除此以外，还有月亮馍、太阳馍和添乡馍。据说太阳和月亮是两兄妹。远古的时候，人世间昏天暗地。哥哥叫妹妹变成月亮，给人世间洒下一片光明。妹妹不愿意，她害怕黑夜。哥哥说自己变月亮，妹妹变太阳吧。妹妹还是不愿意，她害羞。哥哥从腿上扯了几根毛，用嘴巴一吹，毛变成了针，递给妹妹说，如果天底下有人看妹妹，你就用针刺他们的眼睛。从那天开始，白天就有了太阳照射，夜晚有了美丽的月光照路。

后来，为了纪念那两兄妹的功德，羌族男女结婚，男方提前一天把太阳馍送到女方，女方将月亮馍和太阳馍一起带往男方，意为女方认同男方了。至于添乡馍，其意也很重要，新娘嫁到新地方，要与家人和睦相处，与邻里团结友好。新娘到了婆家以后，新娘就要给家人和邻里敬送添乡馍。添乡馍主要用麦面或者荞面做成，小筛子那么大，馍上面涂着红点，象征着吉祥……翌日吉时，唢呐吹响了离娘调门儿。阿妈将一把梳子交给了女儿，转过身走到山墙下，弯着腰双手啪啪啪地拍打屁股，哭着喊着女儿的名字，说："吉时到了，吉时到了……

我走出门时，新娘子的哥哥已经把新娘子背到三岔路口，骑在一匹头戴大红花的白马背上。我接连拍了几张照片。"掉鼻子"管事说：新娘子莫回头朝前看，丢土碗甩竹筷，唢呐子过路调吹起……咿咿呐……新娘子在马背上一耸一耸的，碧蓝的天空，白云朵朵，新娘心里燃起一片美丽的彩霞，明年这个时候怀里抱个奶娃娃。

独木梯

　　冬至前一天，我受邀前去参加《羌族文学》杂志办的研讨会，会期有专家、学者、作家和诗人参加，就《羌族文学》的发展与提升，大家畅所欲言，有赞扬、批评，也有建议。会议两天结束后，我同作家陈晓华坐着李康元教授的小车，去了一趟马登寨，确切地说，那是我的出生故地。好多年没有回故乡了，但故乡那种乡音乡情老是念念不忘，尤其是那根九步高的独木梯使我朝思暮想。也许是从事文物工作的职业病吧。可是，汶川特大地震使许多羌寨面目全非，旧房被拆迁，灾后又重建了新房，还不知道独木梯保存下来没有。

　　车行东门口，前面便是两山夹挤的峡谷。回首往昔，这条并不陌生的二尺宽的茅草小路，是牛羊的通道，也是人的必经之路，龙溪谷底人，祖祖辈辈从这条溜溜坡、盘盘路上走过，不知留下了多少个人的脚印和牛羊及马匹的蹄印。此时此刻，我仿佛听到残留在这条路上的马帮驮运茶叶和盐巴的马铃声，还有背夫吼出的号子声……也是我从记事那天开始，一年三百六十五天，无论天晴下雨，所走过的二十多年的小路！

　　现在，我坐在小车上，在闪着油光的马路上奔跑，车上还放着优美动听的歌儿。

　　两山夹一沟，山坡上青枝绿叶，头顶一线蓝天白云，一条清澈小河，潺潺流过。移不走的还是那座山，搬不动的还是那片土地，流不尽的还是那条小河。就在这块贫瘠的土地上，好像神仙下凡，把沿河两岸的石砌平顶旧寨楼，刀切斧砍，一扫而光，更换了崭新的小洋房，每家每户的房顶上，架着天线和电视锅盖。我望着绿满山坡的景色，看着一栋栋散发泥土芳香的小洋房，心里虽然陶醉，但我担心的是那根九步高的独木梯的命运，因为旧房子脱胎换骨了，不知道独木梯还用得上吗？

我家那根九步高的独木梯，从阿爷、阿爸和我共三代人，爬上走下如腾云驾雾，跋涉了一百多年。据阿爸说，当年，中国工农红四方面军北上，徐总指挥和战士们住在寨楼里，上上下下没少爬独木梯，有些红军战士不习惯或者害怕，脚踩虚了，就从独木梯上掉到猪圈里，滚一身牛羊猪粪还不服气，从猪圈里爬起来，又继续往上爬，一直爬熟练为止。试想：这么一根老朽的木头，如一条登天小路，立下了不可小看的汗马功劳。

这时候，我们到了马登寨。李教授找不到地方停车，心里正着急呢。突然，从公路上方的小洋房里，走出一个约五十岁的女人，站立在大门口，自然悠闲地理着额上的头发，穿着上红下蓝的身子向左一转，两眼看着不远处结满红彤彤柿子的柿子树。我一溜下了车，小跑过去问道：这位大姐，村里有停车的地方吗？大姐转身看了看我，扑哧一声笑，说：你看看我是你大姐？

天啦，竟然是表婶娘！我十多年没有回故乡，连亲人都认不得了，深感惭愧。我问表叔在不在家。表婶娘说表叔到乡政府开村干部会去了，还不知道今天回不回来。问我是不是找表叔有事。我说：没事，回来看看就行了。她又说：你难得回来就多玩两天吧，现在不比过去了，吃的住的啥都有，现在农村不比你们城里差呢！不急哈，要走也得吃了饭才走，煮点子香肠和腊猪蹄儿，这些都是你小时候爱吃的，不然，你表叔知道了会骂老娘的嘞。

盛情难却，我便应了表婶娘的邀请。

李教授跟随表婶娘去停车。村委会门前好大一个水泥打成的院坝哟，在太阳底下闪着油光。记得这地方原来有一个房子一样大的石包。小时候，我经常爬上石包顶去玩，躺在石包上晒太阳。如今，大石包却不翼而飞了，将地皮打成了漂亮的水泥院坝了，宽宽长长的，在城市里哪儿找这么好的地方啊！

李教授把车停放在院坝里了，便问表姊娘多少停车费。表姊娘不要停车费，村民们家家户户都有大车小车和拖拉机，也是为了方便外来游客停车的。如果要收停车费，还要你们客人付钱吗？这点小钱表姊娘还是付得起的！随后，我们便跟着到表姊娘家里了。

表姊娘开门时，我还以为她用木钥匙开木锁的，却用一把小巧的铁钥匙，伸进木门上的暗锁孔，往右一扭，门便打开了。堂屋里摆放着皮沙发，一台电视机，神龛上小阁子供着财神爷，香炉钵钵里点着三炷香，亮着一盏菜油灯。尽管老房子没了，建了新的小洋房，但没有脱俗，仍然保持着古羌古俗的味道。

我们坐在沙发上看着小洋房的结构和布局，小洋房上下两层，开间小，水泥梯步，还有漂亮的扶手。以前，石砌旧房子也是两层，最底层是牛羊猪圈，从一根九步高的独木梯，爬上土坯，才到达第二层人居的正屋。我问表姊娘原来的旧房子没了，那九步高的独木梯呢？该不会把它当柴火烧了吧？

表姊娘说：那根九步高的独木梯，是德高望重的阿爷亲自上山砍回来的桦木，用斧头和锯子做的独木梯，又亲手立在牛羊猪圈里，让全家三代人爬上爬下一百多年，那木头上都生菌子呢。再说，当年中国工农红军总部一百多号人住家里，从独木梯上下走了三个多月，把独木梯踩得油光水滑的，我怎么舍得当柴火烧呢！那年汶川大地震前，那根独木梯立在猪圈里好好的，地震后，房屋都摇垮了，拆房架的时候，独木梯就不见了。后来广东人来重建家园，我们妇女忙着给工人们煮饭、端茶、送水，哪儿有时间顾得上过问独木梯的事情，现在地震都过去十多年了。

我不是要那根独木梯，只想拍一张照片，或者把独木梯送到县博物馆去。既然被地震毁坏了，就不说了。

李教授遗憾地说：自然灾害，毁了宝贝。

陈作家说：没办法。据我所知，传承羌族历史文化的老释比，在地震中也遇难了，何况一根独木梯。

　　这时候，表叔从乡政府开会回来了。他刚进门，还没来得及给我们一行三人打招呼，表婶娘就对表叔劈头盖脸地说：你外侄回家来不为别的，就为那根九步高的独木梯呢，你看见了吗，你把独木梯弄哪儿去了？

　　表叔不愧是村支书，见多识广。他笑嘻嘻地对表婶娘说：哟，家里来客人了，你不沏茶、不煮饭招待，还在那里冒酸水，你生什么气啊？至于那根独木梯，我会给侄儿交代的。

　　我将一路同行的教授和作家，向表叔做了介绍。表叔听后却不让我们走了，并吩咐表婶娘做招待贵客用的洋芋糍粑，还要煮香肠和腊猪蹄儿。我们好说歹说一阵，才免了一顿丰盛的羌宴。

　　这时候，表叔坐在对面沙发上说：可能你们不了解实情吧，汶川大地震时，全村的房子都坍塌了，横七竖八，一片狼藉，还死了好几个村民呢。当时，人心惶惶，治安也不好。我怕有不法分子窜进村里来偷有价值的东西。当时，独木梯倒到猪圈里，只知道独木梯有一百多年了，是何家人的宝贝。我就用麻布把那根九步高的独木梯包装起来了，和村主任抬着悄悄藏在铁板沟岩洞里了。灾后重建完工后，乡政府建立了博物馆，开馆那天，我和村主任抬着九步高的独木梯，赠送给博物馆了。那天，博物馆的工作人员在检查验收独木梯才发现，独木梯的背面还刻着红军标语，字迹有点模糊不清，大概是"赤化全川，解放全中国"，落款是"红军政治部宣"。唉，表叔一个大老粗，斗大的字不识一个，哪知道还有这么一出心醉的事情呢！

　　我看着表叔又兴奋又难为情的样子，心里悲喜交加，喜的是表叔保护了独木梯，悲的是表叔不识字，让刻在独木梯上的红军标语，隐瞒了这么多年。我说回去顺便到乡政府博物馆看一看那根被红军刻字的独木梯老成什么样子了。拍几张照片做个念想也好。表叔要陪我们一起去，我叫他跟我们一起坐车去，他说他早就有车了。

　　我心里踏实了，人幸福，独木梯也有了归宿。

木　锁

我们木纳寨，不大也不小，方方正正的，像块麻将牌，三十多户人家，三十多栋石砌平顶寨楼，三十多把木锁，三十多把木钥匙。木锁和木钥匙长年累月在墙体内的洞穴里生活。木锁家家户户都一样，俗称男子汉，木钥匙家家户户又不一样，敬称美少女。千百年来，木锁和木钥匙如夫妻一样，看守着大门，管着家业，任劳任怨，一丝不苟。

据历史记载，距今七千至五千年的仰韶文化遗址中曾发现过早期的木质锁，到周朝已有木质锁和木质钥匙，结构比较简单且笨重，钥匙多用竹竿、木棍和兽骨做成，容易启开。在春秋战国时期，鲁班巧妙地运用榫卯式结构改造了木锁，保密性增强。

羌族人俗称的木锁为"刷瓦"。虽然历史早已有木锁和木钥匙的发明创造，但羌族人的木锁和木钥匙，截然不同。羌族的木锁分为锁墩和锁闩及钥匙三部分构成。锁墩固定在墙体内的洞穴，内部有三个木锁机关；锁闩是一根横木上凿刻的凹槽，槽内设计有对应的锁墩木锁的榫眼；木钥匙有两种，一种是木条上有三个小木钉，一种是木条侧面有两个半圆形的木齿。开门时，将木钉钥匙插进锁闩的凹槽，对准锁闩上的榫眼，将三颗小木钉对准榫眼，向上用力一顶，轻轻一摇，门便启开了。这种木锁和木钥匙的设计制作，主要用于预防盗贼偷牛羊，因为不知道内情的陌生人，打不开木锁。羌族人祖祖辈辈就是这样保护自己的。在我看来，它不仅仅是一把木锁和木钥匙，而且是羌族工艺的一种智慧创造，也是羌族人自己创造的木锁和木钥匙的文化。

　　小时候，阿爸经常给我讲述阿爷的故事。1935年5月，中国工农红军的一支队伍开进了木纳寨，一百多号官兵住在我们寨楼里，房子窄住不下，官兵们就在房背上打地铺，寨前寨后和正房门前土坯上都是打的地铺。他们都是从五湖四海参加红军的，说话的声音南腔北调，但大多数红军战士，好像是通南巴人。白天晚上都要站岗放哨，一个小时换一次岗哨，官兵们爬不来独木梯就上不了楼，开不来木锁也进不了门。怎么办呢？为了让红军官兵方便进进出出，阿爷端一根板凳坐在大门口，用木钥匙开木锁，让红军官兵进进出出，去广场上列队搞军训，练习刺杀和投手榴弹。他头一次听到列队的官兵们，边走步边唱歌：我们红军是工农起，个个都是自愿来，光明的世界，黄金的光阴，快乐逍遥一言难尽。我们原来都是受压迫，共产党来了救我们，努力去学习，战斗要勇敢，冲锋陷阵不怕牺牲……他觉得好听，就把歌词和调门儿记下来了，有事没事的时候，就悄悄儿哼上两句，心里就快活。

　　有一天午后，一位首长要他教开木锁的技术。阿爷不便说出口，因为木锁和木钥匙是防盗的，不易让外来人知道内情。万一，把开木锁的窍门泄露出去了，把圈里的牛羊盗走了，一家人怎么活？但他觉得红军不是那种人。自从红军住进家里后，杀猪宰羊和要玉米及洋芋白菜都是给了钱的，从不占家里一点便宜。再说，红军北上就不可能再回木纳寨了。于是，阿爷拉住那位首长的右手伸进墙洞里，捏着木钥匙，把三颗小木钉的木钥匙塞进木锁的榫眼，往下一压，用力一顶，快速抽出木钥匙，门便启开了。

　　首长握住阿爷的双手，高兴极了。他说红军是中国共产党领导的队伍，也是劳苦大众的队伍，打土豪分田地，解放全中国，让老百姓过上好日子。并问阿爷有几个后人，多大了，愿不愿意跟他去参加红军。阿爷说，他有两个儿子，老大患了小儿麻痹症，右腿走路不方便，老二才十五岁，还不知天高地厚呢。首长说，只要阿爷愿送儿子当红军，他就收了老二，在他警卫连当红军战士。怎么说好呢，阿爷心里的确舍不得让老二离开他。但他看着那些和他老二一样的红军战士，背着枪，拿着马刀又举着红旗，在广场上边练队列边唱着妻劝夫参加红军的歌曲：从前受的苦呀，真是说不完，原来是没有共产党给穷人做主，现在有了共产党呀，过去的痛苦都消除，哎嗨呀……阿爷感动不已。他牵着儿子的手，交给了那位首长说："我把老二送给你们了，就是你们红军的人了。"首长亲切地问："你儿子叫什么名字？"阿爷说："他出生的那天是个大太阳，给他起名叫余太阳。"啊，余太阳，这个名字好。首长转身又问余太阳会不会开木锁。余太阳点了头，说他会开木锁。首长叫阿爷回屋休息，开木锁的事由余太阳负责教警卫连全体红军战士，然后，一个班一个班的红军战士都来学习开木锁，他叫警卫员传达命令，凡是驻扎在木纳寨的红军官兵，都要学会羌族人开木锁。一时间，驻在木纳寨的红军战士们，不但学习用木钥匙开木锁，还学习羌族语言、各种生活习惯。阿爷闲不住了，去各家各户宣传红军是穷人的队伍，参加红军的都是受压迫剥削的工农群众，穷苦人要翻身，必须拿起枪杆子与敌人斗争。他挨家挨户地动员青壮年自愿报名参加红军。他说他自己把二儿子送去当红军了，不相信，你们去看看！乡亲们想还是去看看吧，不管是真是假，眼见为实。结果，他们看见余大爷的二儿子余太阳，身穿灰白色的衣服，衣领上有红色的领章，帽子上有五星，站立在大门口教授红军战士们，用木钥匙开木锁呢！有人说，我家那娃娃，不知红军要不要？有人说，这一去还不知哪年哪月才能回木纳寨哟。又有人说，只要在红军队伍里有出息，不回木纳寨又咋的。随后，木纳寨就有二十多个青壮年报名参加了红军。这期间，红军在木纳寨成立了苏维埃组织，由阿爷担任苏维埃主席，组织群众打土豪劣绅，平分土地财产，使各族人民群众尝到了翻身做主人的甜头。当时，红军的医生还把我阿爸的患有小儿麻痹症的右腿医治好了，能上山砍柴，也能进沟背水，右腿不瘸了。红军在木纳寨三个多月，阿爷和红军官兵交情很深，无意中知道了那位首长就是徐向前总指挥。红军临走的当天夜里，阿爷急急忙忙用香樟木制作了一把小型的木锁，一把小型的木钥匙，准备送给徐总指挥留念，没想到，第二天清早，雾不散云不散的时候，红军全部都悄悄地走了。

阿爷手里拿着木锁和木钥匙，目送着红军远去的西北方向，情不自禁地哼起了红军歌谣：上前叫声夫，听我说眉目，想起从前受的苦，夫妻一年到头累坏了呀，还是无米无衣服哟，原来是没有共产党给我们做主，现在共产党领导的红军来了，过去的痛苦都消除，哎嗨呀……

太子坟

　　早知道布瓦山、太子坟。在文史杂志上，见过四百多年前黄泥巴筑起的碉楼的图片，雄伟壮观，文章里还介绍过布瓦山出了个太子，挺幽默的，但没有一点想去观看的意思。后来不断地听人说起这两个地方，还说路上不平静，锣鼓喧天，还有马匹驮运东西的铃声。奇怪了，没有人敲锣打鼓，哪儿来声音呢？马匹驮运东西上山，倒是有的，至于布瓦山出了太子和锣鼓声，百思不得其解，这也恰恰是个奇妙地方。朋友告诉我，去的时候，雨天不能去，风大不能去，一定要选个好天气，那样，路上才能听到锣鼓声，马儿的铃铛声。于是，我打算走一趟。

　　我认真打听去过的人。有的说山上没有住处，早去晚归，有的说路太难走了，干脆弄匹马来骑。这时候，我自己忽然逞起能来了，要走路，空气好，又没人打扰！

　　从威州上布瓦山两个小时，再到太子坟一个小时，上午的时间，基本消耗完了。如果从黄岩那条路步行，虽然路面比较宽阔，但路途就远一些。于是，我选择从堡子关那条路直上，这是条捷径，顺着山梁往上爬，清风凉爽，还有小鸟伴我歌唱，多美好。可是，这条小路蚯蚓似的，坡坡坎坎，弯弯拐拐，怎么也跳不出没有石子的地方，脚底下老是绊来绊去，教人心烦。又没有树林，光秃秃的，鸡毛一样的小草，被太阳烤得打不起精神，蔫不溜秋。此时，我想起前人牵马驮运物资从这条小路上上下下，还有背柴火上街换取油盐的羌人，是他们和马长年累月踩出来的小路，我们这些"空手上阵"的后人理应珍惜。

走了一会儿，额头上有了毛毛汗。稍作休息，这时候，从山上传来歌声，悠扬动听。我站定朝山上望去，有一群雪白的羊儿，一个身穿红布衣服的姑娘站在羊群中，她唱道：

哥一声来妹一声哟，
唱得羌山飞彩云嘞，
唱得太阳暖烘烘哟，
唱得月亮笑盈盈嘞，
唱得满天布繁星哟，
唱得遍地花似锦嘞，
唱得羌族人鼎盛哟，
歌唱英雄太子坟嘞，
山歌越唱越好听哟，
唱得哥妹心相印嘞……

真美。有山有人才有歌，无山无人成太空。我忘了是在山道上行走，两脚像一股山风拂来一样，便到了姑娘的面前。姑娘惊讶地看着我，什么话也不说。我问："刚才那山歌是你唱的？"她看着我只点了点头。我说："好听。你一个人放那么多只山羊？羊子已经吃饱了吧？"她回道："我要吆羊子回家了。她扬起手中的羊鞭，嘴里不停地吆喝起来，头羊在前面带路，羊群跟在头羊屁股后面，跳上跳下地跑，不停地咩咩地叫唤，像受过专门训练的一样。我感觉那姑娘认生不好说话，心想，她吆她的羊群吧，我走我的路，无心跟她交谈。不过，话又说回来，姑娘的歌声太诱人了，是那种向往美好的歌声。刚才歌声里有一句唱词"歌唱英雄太子坟"，"太子坟"怎么会是英雄呢？让我百思不得其解。于是，我便投石问路了。姑娘嫌我没文化，问我是不是本地人，怎么连他们羌族人的英雄都不知道。

我刮目相看了，说："我不是外地人，也不是本地人，是在两地交界之处，四周都是哗哗的流水，还有羞涩的垂柳，鸟儿歇在上面唱歌呢！"姑娘把羊鞭举起来，吆着羊群，回头说："你蛮会说话的嘛，我误会你了，别怄气哈，你是有文化的人。走吧，你帮我吆羊子回家，我带你去看太子坟。"

布瓦山的布瓦村，坐落在如掌心之间，清一色黄泥巴筑起的两层平顶房子，高高的土碉楼是布瓦村的标志。走进村子，土墙连土墙，小路弯弯拐拐，宽宽窄窄。

姑娘关好了羊群，我跟她一路登山去太子坟，走到岔路口上。姑娘问我听到锣鼓声没。我听了听，只有雀鸟在树枝上歌唱的声音，我跟着姑娘顺着山梁继续走了一会儿，姑娘站住不走了，指着一个土包说："这就是有名的英雄太子坟，听说有八十多年了，我们羌民族都敬仰这位英雄。"

但是对于这位英雄的事迹，这个姑娘闭口不谈，只是将衣袋里的纸钱点燃后，磕了三个头。

坟的周围全是竹子，又粗又密，绿黄相间。俗话说：宁可食无肉，不可居无竹，无竹令人瘦，无竹令人俗，人瘦尚可肥，土瘦不可医。由此看来，羌族人是把死者当作活人对待的，在太子的坟前种了那么多竹子，真是可敬。为什么如此敬重死者呢？姑娘一句话都不透露，莫非有什么隐私？

这时候，姑娘在竹林里大叫，又是哭又是闹。我走过去一看，是马蜂蛰了白嫩的脸蛋，看着看着就红肿起来了。她刚才的春风满面和得意扬扬的神态，一下成了猪八戒求孙悟空不打他的模样了。想想也是因为我才遭此"劫"。我记起小时候调皮捅马蜂窝，被马蜂蛰了上嘴皮，又疼又痒，肿得像鸡屁眼。母亲边骂我边扯来蒲公英，用手揉出绿色的汁水，擦在被马蜂蛰过的地方，很快就减轻疼痛和瘙痒，逐渐消肿。于是，我在竹林里和土坎上找蒲公英，这时候，我仿佛听到敲锣打鼓的声音了，咚呛咚咚咯呛……一眨眼儿又没了，怎么回事？当我回过神看见太子坟边的竹子下长着红秆秆绿叶子的蒲公英。我喜出望外，赶紧扯了几窝，抖掉泥土，两手合起来，将蒲公英揉成汁水，轻轻儿擦在姑娘的脸蛋上，干了又擦，接连不断地擦……不久，姑娘就好多了，可能看我忙上忙下，所以在回程中，姑娘给我讲了一则令我百思不得其解的故事。

姑娘说她听阿爸讲，太子坟这地方，原来叫后寨子，不叫太子坟。后寨子住着双目失明的阿妈和她的儿子王太子。有一年5月，一支红军队伍住进他们寨子里，在这三个多月里，王太子跟着红军学习文化知识，操练枪法，听红军讲革命道理。在组织游击队时，红军委派他当队长、村农会副主席。他带领游击队人员，和红军一起打土豪分田地。他用红军的银元、铜元、布币，为红军队伍筹集粮食和猪、牛、羊，为红军改善伙食。他还给红军带路，跋山涉水，深入鸡公山侦察敌情。在鸡公山的战斗中，他带领游击队给红军送水、火、烧洋芋和玉米馍馍。红军将川军一个团全面包围，在红军的政治攻势下，大部分川军投降了，只有敌军营长耿佰萍和数百名战士企图泅水逃跑。王太子和游击队员们用红军发给他们的手榴弹阻击敌人潜逃，敌军一个排均溺毙江水中，其余敌军全部歼灭。

当时，布瓦寨的羌民们，为红军打了胜仗，举行联欢晚会。他们在晒场上堆起柴火，点燃一堆熊熊篝火，杀猪宰羊，红军官兵和羌民们手拉手，围成一个圆圈，跳起欢乐的锅庄舞：渣、渣、渣威勒，唱起来，跳起来呀……

本来，王太子是要去参加红军的，红军首长也喜欢他的聪明能干。可是他走了，谁来照顾双目失明的阿妈呢？红军在一夜之间走光了。王太子回到自己的寨子里，不吃不喝，睡了三天三夜。当他从梦中醒来的时候，只见寨楼火光冲天，半里光景的山林，被火光照红了，王太子和他的阿妈再也没有走出门来。其实，那不是一座坟，是寨楼被火烧塌后的一堆墙土。为了纪念这位王太子，就把那土包叫作太子坟了。说实话，谁一把火烧了王太子的寨楼？至今，还是个谜呢。

姑娘讲完这个故事，我就把她送回家了。我还是沿着上山来的那条小路走回去的。当我在家里沙发上休息，坐下去就站不起来了，两条腿像插了刀子，疼得要命，好像两条腿不是我自己的了。

越走越南

狗年三伏天，我游了一趟越南。

事先，我是去参加羌族作家顺定强的长篇小说《雪线》的研讨会，研讨会，还邀约了几位名家——四川大学教授、博士生导师张放，成都大学教授、文学评论家邓经武，乐山师范学院教授、文学评论家李康元等到会画龙点睛。

研讨会结束后的第二天，儿子和媳妇要带孩子去国外观光、见世面、长知识，还要把我们两个老家伙也带上。他们说我们再不出去走走看看，往后恐怕没有机会了，况且，旅游订金已经交了四万多块。是啊，我们已经是耄耋之人了，想想，难得儿女们的一片孝心，只好一同去了。

我们一家人如做梦一样，登上了从成都飞往越南的飞机，三小时多点，飞机便缓缓降落在越南金兰国际机场了。随后，又坐大巴车，去一家四星级的"芽庄"酒店下榻。

芽庄市位于越南中部沿海地区的庆和省，是越南众多滨海市当中一个较为僻静的海边小城市，有芽庄海滩、芽庄珍珠岛、芽庄四岛游之旅游观光景点。除了这些景点外，还有大教堂、龙山寺、五指岩、天堂湾等。当然，还有繁华的胡志明市，在湄公河三角洲东北，同耐河支流西贡河右岸相比邻。这里也是越南的政治、军事、历史文化及经济的中心地带之一。从它的建筑便可以看出是比较落后的小国，房子是又高又瘦的欧式建筑，没有一点本土建筑的风味；成块的土地如海马一样瘦。更奇怪的是从乡村到城市里的人，不管男女老小都一样瘦、一样丑，难得见到一个胖子。而且无论是在尘土飞扬的街市，还是在脏兮兮的海滩，都找不到任何有关宣传旅游方面的东西。（虽然我读不懂越文和英语，至少中文与字母还是认识的。）想起在中国的土地上，凡是商场、公司、商店、药店、水果店、房地产项目等都有自己的宣传广告，特别是大小旅游景点，无不将地理环境，历史文化广而告之，而越南是怎么回事呢？也许国与国之间的历史文化背景不一样，运作的方式就不相同了，生活的习性也是天壤之别。

8月21日，我们在珍珠岛沙滩上玩，天特别热，买了凉鞋又买防水眼镜，在碧绿的大海边打水仗和游泳，有时候，还坐着小船在大海上狂欢，与天斗其乐无穷，与水斗也其乐无穷。这时候，我想起《老人与海》里的圣地亚哥和一个小孩划船打渔的情景，老人和孩子好些天打不着鱼，老人仍划着小船在海上奔走，渴望着能打着一条鱼……可是，我们现在是在海上开心的玩呢，海水里的鱼们自由自在，自然与人应该过这样的日子。

我们走下小船，在沙滩上躺着。这时候，迎面走来一女子，高高大大，漂漂亮亮，一脸笑容，与我大儿媳亲热不已，原来她们是高中同学，那女子姓王，从事导游，从成都带团队到越南旅游，碰巧遇上老同学，又在异国他乡，便特别邀请我们一家人吃饭，我们盛情难却，便去了。

吉婆岛位于蓝色的海边，风景优美如画。王导游把我们引到一家名叫"查查吧"的餐馆。据介绍，"查查吧"是越南吉婆岛上最好的餐馆了。这里的主要美食有青椒炒青虾、手抓牛肉、卷粉、春卷、斑斓糕、汤河粉、辣酱腌猪耳朵以及各种各样的海鲜。席间，我从王导游口中得知了有关越南的诸多内容。

越南历史开始于石器时代，在公元前600年左右出现东山文化，较早的民族有雒越人。而越南神话传说中还提到约四千年前，出现过最早的王朝鸿庞氏。从公元前3世纪晚期至10世纪前期，整个越南处于中国统治之下，期间，中国文化大量输入，对于越南的封建化产生了重大影响。"雒"的读音为"洛"，古书上指黑马，古水名

"玄鸟"，商周图腾，不韦迁蜀后的家人门客所取的姓氏。不难看出，中国很早就在越南地区播下了历史文化之火。难怪，越南的老百姓听说我们是中国人，他们就高兴得不得了。虽然，我们听不明白他们的越南语，但从他们的表情可以看出与我们是心灵相通的。

19 世纪中晚期，法国渐次吞并越南进行殖民统治。第二次世界大战时，越南又受日本所支配。1945 年，越南北方成立越南民主共和国（北越），1975 年北越统治全国，1976 年改名越南社会主义共和国。

王导游对越南的政治、军事和历史文化了如指掌，如数家珍地娓娓道来，真不愧是导游，一个资深的导游。尽管如此，埋在我心里的一个谜团始终没有解开。那便是我前面已经谈到的越南人为什么没有胖子只有瘦子？

王导游说，越南人虽然穷点，但他们出产的粮食、蔬菜、水果、肉、鱼类是货真价实的绿色食品。如果一旦发现有人造假，证据属实，按照越南的法规必死无疑。所以，他们给自己编了一个顺口溜"国家瘦，土地瘦，人就瘦，越走越南，越走越美，着一袋奥黛（越南语，即美女穿的国服），品一杯滴漏咖啡"……

这是越南老百姓的心声。他们的土地没有被污染，还是一片净土，多么美好。我们应该向他们祝福。社会主义好，社会主义就是好。越走越南，越走越美……

我这次去越南观光，认识了一个真正的国度。

天子坪

  "天子坪"顾名思义，是一个向往美好的地方。当地老百姓常说，那个地方会出"天子"或者是"状元"。这大概是一种穷则思变的期待吧。

  当年，那个地方是一片刘姓地主的稻田，大约九亩地，方块形状，住房靠近山边，开门便见水汪汪的稻田，是一块不可多得的风水宝地。

  关于"天子坪"这个地名，还有一个美丽的传说。古时候，这里是一片竹林，竹子有水缸那么粗壮，竹竿几米高，竹叶像芭蕉叶一样。白天，路人经过此地，常听见少女唱歌；夜晚，每根竹子上亮着一盏小不点儿的灯。当地老百姓就七嘴八舌地传开了，这地方要出大事了，这地方要出贵人了……刘地主就对老百姓说，他梦见竹子里面一小伙子骑一匹白马，身后还载一个姑娘。那姑娘指着小伙子的额头问他认不认识这个字。他说没有读过书不认识。那姑娘说是个"王"字，是神授天子印的，七月七日就破竹登位。还说不要外传，如果外传会带来灾难……刘地主说完后悔食言，举手打了自己三个嘴巴子。老百姓听后信以为真，都眼巴巴地盼望七月七日的来临，天子降此地，必有后福。他们望啊等啊……终于等到七月七日四更。这时，漆黑的云朵遮住了星星和月亮，狂风四起，电闪雷鸣，却没有下一滴雨水，只听见竹林里的竹子如放鞭炮一样，噼里啪啦地脆响。老百姓早已摸黑走到竹林边，期盼天子出世。天慢慢地亮开了。他们看见竹子全都被狂风吹倒了，每根竹子破裂成四大块。但是，他们没有看见天子。刘地主是不是说谎骗人呢？他们一无所知。后来，老百姓就把这个地方叫"天子坪"了。

刘地主就在这里开垦土地，把土地改造成像梯田一样的稻田，从房背后修一条水沟引水灌溉，耕地播种栽秧子，年复一年，日复一日，家财万贯，人畜兴旺，五谷丰收，子孙繁衍，绵延不绝……

天有不测风云，好景不长，好像一夜之间，天子坪这块土地被没收，刘地主真的被划成了地主。这顶帽子戴在他头上不重也不轻，只是做任何事情都不方便，受到约束和管制。贫下中农开大会斗地主的会场就在天子坪刘地主家门口的院坝里。贫下中农问他放了多少高利贷、剥削了多少人。他说没有的事情，从不做那些没良心的买卖。他说天子坪这块稻田有九亩，加上一些坡地共十六亩，一家人勉勉强强过日子。说实话，他们的生活的确要比贫下中农好得多。贫下中农又问在好多年前，他说那片竹子里面会出天子或者状元，如今天子和状元在哪儿呢？不是欺骗又是什么？他说是一个梦，梦里说啥就如实地给贫下中农说了。这家伙不老实，给我往死里整！贫下中农说。

太阳火辣辣的，院坝里站立着的地主和富农及他们的人影，像站立着两排人一样。贫下中农怕热，就在地富分子中间选了一个富农分子，名叫李友堂，身材五大三粗，说话大嗓门，叫他收拾刘地主。他很积极又卖力，这样做无非是想挣表现，祈求贫下中农宽容。贫下中农叫他用一根麻绳拴一块重二三十斤的长石条，挂在刘地主颈脖上。他汗流浃背地给刘地主挂上了。贫下中农问刘地主当年为什么说天子坪会出天子和状元，是不是欺骗和戏弄贫下中农？刘地主说那是一个梦，贫下中农误会了，梦怎么会当真呢。贫下中农问刘地主有没有高利贷，刘地主一口回答没有。这时候，李友堂走到贫下中农面前说刘地主放有高利贷，他借他五斗玉米要归还十斗。不过，现在还没有还他。刘地主反驳说李友堂请工人修建房子借了自己五斗粮食，从没有要他加倍归还。

贫下中农说刘地主就是不老实，不知还给谁放有高利贷，这种人就该严惩，再给他加一块长条石！话还没有说完，刘地主就连人带石头倒在院坝里了。

贫下中农都站立在阴凉处,火红的太阳照得"地富反坏右"分子睁不开眼,没有一点风吹,上烤下蒸,汗如流水,刘地主自然是昏倒的。

李友堂慢慢把刘地主扶起来,弄到阴凉地方坐下来,用草帽扇风。他问刘地主怎么样,好些了没。刘地主瞪他一眼,又一头撞过去,李友堂四仰八叉地倒在地上。刘地主站起来对贫下中农说:李友堂才真正放有高利贷,不信问一问谭祖远或者他的儿子谭虎芝,他们借了李友堂不少粮食和布匹都是高利贷。他借我五斗粮食,是借我的骨头熬油呢!

谭虎芝站出来说刘地主和李友堂是狗咬狗,他说他的眼睛瞎,他说他的鼻子塌,转移视线,逃脱罚恶。我借李友堂三斗麦子和一匹卡机布,早都归还了,他没有收高利贷。至于李友堂借刘地主的粮食要高利贷,这是他们之间的事情,地主剥削富农,还是一件稀奇的事呢!

那时候的阶级斗争是复杂的,也是长期的,贫下中农劳动一天下来,晚上就在天子坪开批斗会。贫下中农是坐在院坝周围的长木头凳子上,"地富反坏右"分子站立在院坝中间,弓着身子低着头。由于刘地主梦中说天子坪会出"天子"和"状元",欺骗了贫下中农,就五花大绑。时间长了,刘地主脸色苍白双腿颤抖。谭虎芝说你抖什么抖,早知今日何必当初?刘地主有气无力不开腔。这样的批斗会一个接一个,都把神经绷得紧紧的。

几天过后,从人民公社来了一支宣传队,宣传队员说,毛主席是贫下中农的救命恩人,没有共产党就没有新中国。贫下中农这下听明白了,他们跟着喊口号,跟着唱革命歌曲。有一天,宣传队组织贫下中农开会,成立"齐努力"战斗队,揪出公社党委书记刘银昌这个"走资派",又在天子坪火烧庙子,破四旧立四新。这下,把贫下中农惹冒火了。由谭虎芝代表贫下中农与"齐努力"战斗队辩论:一是天子坪的庙子是贫下中农自己出劳动力修建的,只烧点香磕几个头,不反党,不反社会,不违法,不做伤天害理的事,这是老百姓的朴素信仰。"无产阶级文化大革命"的内容里,不可能有烧庙子的规定吧?你们火烧了庙子,就能从贫下中农的思想上解决问题?再说你们揪斗公社党委书记刘银昌,说他是走资派,我们贫下中农不同意。刘书记一年三百六十五天,除了开会学习,几乎在各生产队的贫下中农家里同住、同吃、同劳动,不信你们完全可以看一看他一双手上的趼巴。据说书记每月只有三十多块钱的工资,哪个贫下中农没有钱看医生吃药,他就掏腰包给钱看病吃药,这样的书记是走资派吗?是你们心里有毛病,还是你们的眼睛有问题?我们贫下中农的眼睛是雪亮的!我们坚决不答应!你们胆敢碰刘书记一根寒毛,我们贫下中农和你们斗到底!我们不欢迎你们,你们赶快走吧!

后来才知道,那伙人是公社谭主任的人。刘书记是从外地派来的。谭主任是当地的地头蛇,梦想坐上党委书记那把交椅,就利用这个时机,利用青年幼稚搞小动作。再后来,谭主任患病住院,没过多久时间,就病故了。谭虎芝就说,善有善报,恶有恶报,老天爷长眼了。

20世纪70年代中期,谭虎芝在贫下中农的竭力推荐下,在大学中文系读了三年,毕业后留校当教书先生。数年后,他回到故乡游览,家乡的变化使他感慨万千。虽然,山还是那座山,土地还是那片土地,但是,被大炼钢铁砍光了的秃山变绿了;还能聆听树林里的雀鸟唱歌;高高的楼房从地面上拔地而起;一条条水泥公路,如彩带一样飘绕到各户人家的大门口;更为惊喜的是原来刘地主的九亩稻田林立着一栋栋教学楼和师生住宿楼;校园的绿化,美不胜收;教室里的琅琅读书声,清脆响亮。当年,刘地主不是梦见天子坪那片竹林要出"天子"和"状元"吗?这种心灵的风帆,也许是生命中不能没有梦吧,梦想只要能持久,就能成为现实……

蘑菇城

　　这天晚上，我梦见威州镇地盘上，生长了许多蘑菇，有松茸菇、青冈菇、牛尾巴菇、刷把菇，应有尽有，那蘑菇里还吹着羌笛，弹着优美的琴声，使我心驰神往。

　　在我的记忆里，威州只是一个小边城，并不生长蘑菇。威州原名不叫威州，叫维州，城不叫威州城，叫无忧城，羌语称渴渣，地点亦不是今日的杂谷脑河与岷江汇合的地方，而是在今威州镇城南山腰上的古城坪，俗称的姜维城。但是，古时候，这地方生不生长蘑菇，无从考证。

　　威州，汉以前为"冉駹"属地，三国蜀汉为益州汶山郡。蜀后主刘禅时期，蜀将姜维、马忠讨汶山之"叛羌"曾屯兵于此地。白狗羌首领邓贤佐归附，唐王朝在原姜维讨"叛羌"的营地上建州城，并设维州。1036年，由京城开封发送至山东潍州的文件，误投至维州。为了把山东的"潍州"和汶川的"维州"弄清楚，故将"维州"改为现今的"威州"，取"威制西羌"之意，沿袭至今。从各个时代的历史资料记载中，都没有记载威州生长蘑菇的事情，怎么会在我的大脑里出现了呢？

　　威州四面环山，两面临江，控扼岷江上游至成都要冲，是进阿坝州的交通枢纽，有松茂"咽喉"、西蜀"门户"、川西"锁钥"与"三山竞秀，二水争流"之美誉，也是古时最早的四个茶马互市集散地之一。

　　20世纪60年代初，我身背行李来到汶川威州镇，从军十多年，那些所谓的大街小巷，我都走遍了，从没见过威州古镇的地盘上生长着蘑菇。不过，每到春季的五六月，羌民们从老远的高山上摘来的红色青冈菇和杉木菇，摆在沿街边的人行过道上售卖，这倒是我亲眼目睹的，而且，我还用青冈菇炒鲜肉片、煮骨头汤，至今，那种清脆鲜香的美味，还记忆犹新。

对于威州这个古老的小边城，清朝诗人董湘琴曾经作诗褒扬曰："威州自古叫维州，城号无忧。三面环山一面水，李文饶旧把边筹。冤哉悉恒谋，牛、李从此生仇构，怀古不胜悉愁。匆匆旅店投，门外闲游，六街灯火明如昼，真果是人烟辐辏。呼儿旅邸频沽酒，深宵话久，一枕黑甜游。鸡声唤起行人走，鞍马铃骡，又扑起征尘五斗。"

我以为诗人是把历史和现实结合起来创作的。威州小边城，是三国姜维始建，唐置维州，为唐代李德裕防吐蕃侵扰的筹边重地之一。旧有无忧城之说，宋改为威州，又名新保关，今为汶川县城。地处杂谷脑河与岷江交汇处。故常以威州、茂州二州并称。"李文饶旧把边筹……牛、李从此生仇构"，李德裕父与牛僧孺均为唐重臣，有积怨，李德裕筹边，率悉恒来降，牛拒不受，悉冤死，以至边患不息。"人烟辐辏"，人口繁密如轮轴相连。"黑甜游"，睡梦恬适。诗人身临其境，把整个威州小边城的来龙去脉，描绘得淋漓尽致。

的确，在三山夹挤之间，一条杂谷脑河、一条岷江河穿梭而过。从成都沿 213 国道线行进，经过岷江大桥，便驶入左边的桑坪街了，右边是威州校场街，城中间还有一条红军桥（旧时是竹编索桥）。沿街不长也不宽，吸一支香烟的工夫，即可穿越通城。

旧时的威州古镇，是一片灰色的沙滩，沿河两岸的河边，白杨树和绿色的垂柳，好像是给城池的点缀。房屋多为一楼一底的木石结构，石片砌墙，黄泥巴刷墙的平房，不少的地方尚为废墟。远眺那些零乱的房屋，犹如草地上的帐篷，又像高山上树林里生长出来的鹅蛋蘑菇；近看从房屋顶上烟囱里冒出的白色炊烟，凄清寒冷，这便知晓威州古镇里羌民们的生活境况了。

然而，时过境迁，每个不同时代的历史都被一双看不见的手翻过去了。

1978 年，十一届三中全会的春风吹遍了威州古镇，小边城春意盎然。两岸河边的柏、桦树，笔直的干，弯巧的枝，芽孢吐出绿中带黄的嫩芽儿，垂柳如羞涩的少女，枝条儿柔柔地飘着……仿佛做梦一样，威州古镇上的钢筋混凝土结构和框架结构的房屋渐渐出现了，一栋栋二十多层的高楼大厦、四星级宾馆，潇潇洒洒地立在了威州古镇的地盘之上，那些高高矮矮的小洋房，如雨后春笋，又像一朵朵漂亮的鲜蘑菇，层层叠叠，梦里那些蘑菇变成了一栋栋高矮不齐的房子，终于梦想成真了。把整个威州边城"装点此关山，今朝更好看"了。

我应该从梦中醒来了，不，我还沉浸在威州古镇那亮如白昼的灯火辉煌中——让那悠扬的羌笛声，那羊皮鼓的清脆声，伴我浮想联翩……著名诗人梁上泉见景生情赋诗一首"三山竞秀，二水争流，一城夹江尽新楼，喜看古威州"。啊，威州，在看见你的时候，我用眼睛想你，在看不见你的时候，我用心想你，啊，威州，我心中的蘑菇城。

圣地刳儿坪

1985年5月，春意盎然。我奉命跟随县政府调查小组，去绵虒镇石纽山刳儿坪，考察治水英雄大禹的出生地，难得这么好的机会，大家早就心驰神往了。

禹迹

我们从绵虒镇的三官庙村沿山梁而上，陡峭的山路，弯弯拐拐，七上八下，走一气歇一气，两个多小时后才到达禹王庙的废墟处，三棵柏树立在废墟的东西北方向。据说是当年破四旧火烧了禹王庙，至今，还有残缺不全的墙体，在阳光下，听着山风呼啸而去。

禹王庙左下角五十米处，有一个大石头，下面的洞深一丈多，宽五尺许，称为"禹穴"，可纳八九人栖身。那大石头上刻着"禹迹"二字，字大数尺，传为唐代诗人李白所书。随着岁月风化，字迹有些模糊不清。为了把"禹迹"二字显现出来，我从老乡（只有唯独一家守望麦田的农户王三）那儿借来一把弯刀和一把锄头，爬上石头顶部，用弯刀将其树枝和杂草砍掉，再用锄头锄掉生长在"禹迹"二字上的青苔，石头上的"禹迹"二字就显现了，用白粉笔填写"禹迹"每个笔画后，太阳的光亮如探照灯一样，打在"禹迹"上面，诗人李白好像从云天下来，挥毫泼墨显诗意，放歌起舞赞英雄了。

关于"禹迹"的传说有三：一是大禹幼时玩耍的地方，二是大禹藏书简之穴，三是大禹出生之穴。不论是"禹迹"还是"禹穴"

都在一个地方，石头上刻着"禹迹"而石头底部是"禹穴"，那"禹穴"和"禹迹"都出名，近在汶川绵虒石纽山刳儿坪，远有浙江绍兴、四川北川、茂县和重庆。明代诗人杨慎考察得出结论，赋诗一首：

青山遥识会稽名，应是君王翠辇经。
嬴政不知何事者，故驱儿女向沧溟。

洗儿池、血红草

"洗儿池"和"血红草"在刳儿坪左边山沟里。我们在麦田守望人王三的指点下，从一条背水的小路穿过去，半小时，听到哗哗的流水声，嘴巴里好像有山泉的味道了。山风轻轻儿吹，树上的鸟儿叽叽喳喳地歌唱……走进沟里，只见水冲石头现，翻着白泡，叮咚作响。水凼凼里的小鱼儿，川流不息，如游泳似的。红色的石头卧其底，红色的茅草护其周边，水极清冽，时见蓝天白云徘徊水中，一摇一晃的倒影，改变着它的情绪，加深了它的意境。我们这才明白，麦田守望人王三带我们来这里，就是证明大禹出生在此地。这里山清水秀，鸟语花香，大自然的美好风光，为大禹的出生地跃动起了新生的太阳。

大禹出生的当日，狂风四起，电闪雷鸣。母亲有莘氏女修己已经怀胎十二个月，肚子大如鼓，可是怎么也生不下来。不知什么原因，感动了上帝，天神木比塔委托王母娘娘亲自下凡，为有莘氏女修己做了剖腹产，将大禹从肚腹里取出来。当大禹睁开双眼的那一刻，发出地动山摇的吼声，把母亲有莘氏女修己吓坏了。王母娘娘却不紧不慢地将大禹抱在怀里，看着血糊糊的小婴儿，乖巧灵动的一双眼睛，像是在笑又似乎没有笑。王母娘娘把孩子放进水凼凼里冲洗，水变成了红色，周围的茅草也就成了红色，并为这个婴儿起了个名字"大禹"。但还有史记载：大禹原名叫姒文命。禹，姓姒，名文命，史称大禹，他是夏后氏首领，夏朝开国之君，因此又称夏禹。禹是黄帝的玄孙，颛顼的孙子。相信谁的？公说公有理，婆说婆有理了。

我们从大禹出生地回到麦田守望人王三的住地。半座山的圪儿坪，只有王三一家独户，破旧不堪的房子门前，一片黄灿灿的麦子，山风吹拂，麦浪一折一折地翻滚。就在麦浪起舞的地方，点缀着一小红点，在麦浪中一会儿现，一会儿藏。王三说是他的女儿，名叫王启，起了大禹儿子的"启"字。她才是真的守望人呢，雀鸟儿成群结队啄麦子，不守着怎么行呢。他自己没有时间看守麦子，南来北往的学者和专家前来采访调查大禹，他要带路看大禹出生实地，还要讲解一些知道的故事。所以，大禹出生地圪儿坪就这么出名了。

大禹出生三天，就会说话。他第一句是喊阿妈，第二句是喝水，第三句是叫天和地。三岁时，他就上山砍柴割牛草，用竹竿打树上的核桃；九岁时，已长成大小伙子了，英俊潇洒，一表人才；见人微笑，彬彬有礼，人看人爱，走到谁家门前都要留他吃饭喝酒，把最好的香肠给他。他不言不语，用一张笑脸回敬。

一日，大禹来到光光山（后称为涂禹山），见百姓处在洪水泛滥之中，此情此景，他心急如焚，便组织当地民众抗洪救灾。就在这时，涂山氏女娇横笛一吹，一群神猪儿挡住大禹的去路。他见一位身着朴素大方的姑娘，手举一支羌笛，一头油黑的头发，亭亭玉立的身材，千娇百媚漂亮若仙，爱慕之心油然而生，便上前施礼问道：姑娘何方人氏，从何而来？涂山氏女娇生性开朗直爽，从不掩饰自己的心声，她说小女子涂山女娇，是天神木比塔派她前来助他治洪水的。大禹听后高兴极了。他俩一起组织羌民日夜劳作，挖水沟，排洪水，齐心协力，广纳建议，足智多谋地改变了"堵"的办法，对洪水进行合理疏导。二人经过日渐接触，终于融化了他俩的相爱，生死相依，喜结良缘。后来，女娇改名为涂山氏。涂山氏先后为大禹生下五个儿女，起名为夏启、帝名、夏后启、阳翟、姒启……

神刻在石头上的文字

我们在王三的带领下，来到禹王庙废墟旧址，在旧址侧边的一片荒地上，全是大大小小的青光石头，似乎还有文字。王三介绍说这是大禹当年刻下的文字，记录多少人治水，挖了多少沟，排了多少洪水。由于天长地久，字迹都风化了，现在只能当天书来读了。跟我们一起来的考古专家汪先生，早有准备。他放下背包，取出十倍放大镜，在大小石头上细看。然后，他摇了摇头说：从石头上的痕迹看，可以认定是早前刻下的文字。只因树木生长，而石头也在生长，况且，日晒雨淋，字好多都风化了，只能靠研究文字的专家来识别了。他从背包里取出宣纸贴在石头上，仔仔细细与石头体贴入微。然后，用拓包从石头上拓漫漶的字迹，轻轻地拍拓着，有微微的响声，取下石头上的宣纸，上面的字迹弯弯曲曲，笔画精细均匀，到底是啥字呢？大家看着笔画，有的说像"山"，有的说像"水"，还有的说像"河"……汪先生说，大家分析的都像，据说，大禹为治洪水，还用羊皮绘制了一张规划图，不知在何人手里保存着，如果贡献出来，那才是无价之宝。

我当时就想，大禹制作的羊皮图，那是治洪水的伟大宏图，如果今天能看见规划羊皮图，也只能献给博物馆，请专家学者研究。不过，能得到这个可贵的消息也不错了，让作品留下来会像黎明和水一样美好清新，任人们用漫无边际的想象添枝加叶吧，那永远看不见的是什么模样儿的羊皮图，恐怕这就是神秘的地方了。

大禹留给这个世界的不是文字，也不是一种纪念，是一种记载，是一种精神和力量。

圣地圪儿坪，灵魂的寄放。

守望麦田的姑娘

我们一行人在禹王庙废墟处休息，大家都望着不远处的麦田，以及麦田上方的小红点，风吹麦浪翻，小红点也随之飘舞起来。我说大家快看看，多么漂亮的景致啊！有的说麦子长得不错，等不了几天就要收割了；有人又说这地方当年是个什么模样？没人回答。也无从回答。我说大禹在刳儿坪出生的时候，这地方是在河坝头，几千年过去了，地壳的板块在不断的运动过程中，就会发生撞击、挤压、张裂。这些板块的撞击和挤压就形成山脉，就是现在这种高山了。有人说：想不到我们调查小组里还有懂地质学的专家呢！不知哪个人讽刺挖苦两句，我也不跟那人一般见识，懒得理。这时，我和王三走到麦田里，那身着红衣服的姑娘见到就喊阿爸。王三应声后便问，今儿有雀鸟飞过来啄麦子吗？姑娘笑嘻嘻地说：雀鸟不敢再来了，田边地角扎了草人儿呢。王三说，那草人儿只能哄哄而已，日子一长，雀鸟儿会识破的。姑娘说：管他的，反正过不了几天，麦子就割回家了。王三对我说，他女儿王启读了很多有关大禹的书，了解大禹的故事，将来外地学者和专家到刳儿坪，采访调查大禹出生地的来龙去脉，就全靠他女儿王启了。王三已经六十五岁了，再过五年就是古稀之人了。他准备整修一下房子，给女儿王启装修一间闺房，合适的时候，托人帮忙招个上门女婿，他就放心交差了。

我说，麻绳子打草鞋，一代传一代，你后继有人了。下次来刳儿坪采访大禹的有关事情，就找王启姑娘了？

他说不一定，也许是那样的。

土　坡

　　"土坡"是我的出生地，更是我难以忘怀的"根"。每每翘首大巴山山脉，我的大脑里就会浮现出生我养我的土坡啊！我仿佛听见从那个世界奔向这个世界的哇哇哭声。妈妈抱住我喂奶，父亲看着笑，爷爷背着我走村串户炫耀。就是这样，名不见经传的"土坡"，才有了三间草房子，房子里才有了爷爷谭大嘴、小脚奶奶、父亲周定远、母亲杨秀莲、大弟周辉财、二弟周辉明、大妹周辉菊、小妹周辉香、三弟周辉军、四弟周辉刚……从我记事那天起，我的野心就慢慢萌发了，下定决心，必须从拉屎不生蛆的"土坡"走出去……七十八年了，从"土坡"走向军营，又从军营走进地方。不会就学习。学会"忍"不够，还要学会"糊涂"。生活在这个世界上，没有勇气不行，时刻鼓励自己努力就能够成功，只要认准自己的路，不要放弃；困顿时，昂起头仰望天空，绝不放弃，不抱怨，坚持才能走好人生的旅途。但无论成功或者失败，都不能忘了自己的"根"。

　　现在"土坡"的草房子没了，变成了一片荒野。只留下了永远抹不掉的记忆。还好，我找了一张"土坡"相片，花了一千元钱，请人画了一张画像，每每想起故乡"土坡"时，就看看画像，好多故事就在大脑里闪现出来了……